2017 中国诗歌年选

徐敬亚 韩庆成 编选

南方出版传媒
花城出版社
中国·广州

图书在版编目（CIP）数据

2017中国诗歌年选 / 徐敬亚，韩庆成编选. -- 广州：花城出版社，2018.1
（花城年选系列）
ISBN 978-7-5360-8587-9

Ⅰ. ①2… Ⅱ. ①徐… ②韩… Ⅲ. ①诗集－中国－当代 Ⅳ. ①I227

中国版本图书馆CIP数据核字（2017）第327618号

出 版 人：詹秀敏
责任编辑：蔡　安　欧阳蔚　李珊珊
技术编辑：薛伟民　凌春梅
封面设计：庄海萌

丛书篆刻：朱　涛
书名题字：陈以泰
封 面 图：宋　赵昌　写生蛱蝶图

书　　名	2017 中国诗歌年选 2017 ZHONGGUO SHIGE NIANXUAN	
出版发行	花城出版社 （广州市环市东路水荫路11号）	
经　　销	全国新华书店	
印　　刷	广东新华印刷有限公司 （广东省佛山市南海区盐步河东中心路23号）	
开　　本	787毫米×1092毫米　16开	
印　　张	21.75　1插页	
字　　数	300,000字	
版　　次	2018年1月第1版　2018年1月第1次印刷	
定　　价	58.00元	

如发现印装质量问题，请直接与印刷厂联系调换。
购书热线：020－37604658　37602954
花城出版社网站：http://www.fcph.com.cn

目录 contents

徐敬亚　　　　食指尖上的诗歌狂欢——2017中国诗歌年选序 / 001

北京

安　琪　　　　鸦群飞过九龙江 / 001

大　卫　　　　致母亲 / 002

高　兴　　　　秋天，君山 / 004

侯　马　　　　蚯蚓的歌声 / 005

吉狄马加　　　时间的入口 / 006

李少君　　　　西山如隐 / 009

刘　剑　　　　布达拉宫 / 010

娜仁琪琪格　　春雪 / 011

汪剑钊　　　　冬至 / 012

西　渡　　　　星星锯开…… / 014

潇　潇　　　　请你欺骗我 / 015

叶延滨　　　　小情调 / 017

臧　棣　　　　芒果入门 / 018

张二棍　　　　致我的侏儒兄弟 / 019

周瑟瑟　　　所有逝去的…… / 020

黑龙江

包临轩　　　风和树 / 021

曹立光　　　桦树林前 / 023

陈爱中　　　雪夜想起肖邦 / 024

冯　晏　　　士兵归来 / 025

郭富山　　　家信 / 027

李　能　　　月朗边关 / 028

杨河山　　　诗人 / 029

赵亚东　　　清晨的散步 / 030

吉林

阿　未　　　到此为止 / 031

得儿喝　　　我比一根木头更不幸 / 032

董　辑　　　块垒 / 033

郭良原　　　一月一日，在北方 / 034

王　法　　　冬至 / 035

张洪波　　　北风的东北 / 036

张晓民　　　我想在云南找一处安身立脚的地方 / 037

辽宁

宫白云　　　栀子花 / 038

李轻松　　　戌时：此时明月 / 039

李世俊	酒徒 / 040
林　雪	扫街人 / 041
刘　川	沈阳闲人 / 042
宁　明	水 / 043
王文军	坐化 / 044

天津

君　儿	笨女简历 / 045
李　伟	骑自行车的国王 / 046
深　耕	晒太阳 / 047
图　雅	小别墅 / 048
王彦明	岐山 / 049
徐　江	脉动 / 050

内蒙古

安　然	在额尔古纳河岸 / 051
白　涛	在一个村庄不要只停留一天 / 052
敕勒川	时间是我生命中的一个卧底 / 054
独桥木	啊哈，看这记性 / 055
梁树春	输棋 / 056
满　全	一个人的古城 / 057
忍淹留	不要冬天的人 / 059
夏　寒	大城子的油菜花 / 060
远　心	抱着第三只眼睡去 / 061

张无为　　　意外？也不是 / 062

新疆

笨　水　　　喂虎 / 063

吉　尔　　　小河墓地 / 064

刘　涛　　　山中 / 065

南　子　　　我喜爱 / 066

沈　苇　　　金山书院 / 068

宋　雨　　　耳朵真的有两只 / 069

宁夏

安　奇　　　扁舟 / 070

导　夫　　　古道 / 071

马占祥　　　双人城 / 072

梦　也　　　宁夏：我的心 / 073

王怀凌　　　鸟鸣淋湿的清晨 / 074

杨森君　　　甘盐池 / 075

杨　梓　　　天现鹿羊 / 076

青海

班　果　　　羌域 / 077

曹　谁　　　可可西里的苍穹 / 078

曹有云　　　昆仑 / 079

耿占坤　　　大地之眼 / 081

郭建强	在叫你 / 083	
马海轶	鱼 / 084	
梅　卓	楚玛尔河 当我横穿你的冰凉 / 086	
深　雪	杯子和我 / 088	
肖　黛	写意黄河 / 089	
杨廷成	皮影戏 / 091	

甘肃

包　苞	小雏菊 / 092
刚杰·索木东	一柄生锈的腰刀 / 093
高亚斌	高处 / 094
离　离	母亲 / 095
李继宗	净土寺 / 096
人　邻	镜子 / 097
武强华	不安之诗 / 098
西　木	苏醒的欲望多么痛苦 / 099
扎西才让	渡口的妹妹 / 101

陕西

丁小龙	镜中之镜 / 102
黑　光	保罗·策兰遗书 / 103
姜　华	一只羊在夜晚通过草原 / 104
南南千雪	九个深潭 / 106
阎　安	孔子一定见过大海 / 107

周公度　　春夜之菩萨 / 108

左　　右　　你是我一辈子读不尽的河流 / 109

西藏

白玛央金　　失明的云 / 111

才旦多杰　　干净 / 112

陈跃军　　申扎，寻找爷爷的驼队 / 113

岛吉嵯木　　萨布让雪后 / 114

咚妮拉姆　　想你 / 115

贺　　中　　哲蚌寺掠影 / 116

木朵朵　　雅鲁藏布江的春天 / 117

秦卫华　　五月的思念 / 118

杨庆军　　人间四月 / 119

四川

陈小平　　故居 / 120

干海兵　　老父亲站在落日下 / 121

龚学敏　　九寨殇 / 122

金指尖　　琴弦上的手 / 124

李　　斌　　手术 / 125

李永才　　飞鸟与上帝的谈话 / 126

灵　　鹫　　小学教室 / 127

彭志强　　马蹄远 / 128

其　　然　　岁月 / 130

陶　春　　写作课 / 131

凸　凹　　诗论 / 132

重庆

傅天琳　　跟着水走，多么好 / 133

华万里　　春天的回忆与到来 / 135

刘　冲　　藕 / 137

唐　诗　　黑夜与早梅相逢 / 138

吴海歌　　大脑内外 / 139

吴向阳　　大足忆旧 / 141

张　智　　无题 / 142

贵州

卡　西　　幻境 / 143

李寂荡　　对金川梨花的几种修辞 / 144

李　静　　我是我的镜子 / 145

南　鸥　　孤独的王 / 146

陶　杰　　直觉 / 147

徐必常　　彻头彻尾 / 148

姚　辉　　代价 / 150

祝发能　　桃花 / 151

云南

爱　松　　旧时庭院 / 152

陈衍强	与先生一席谈 / 153	
胡正刚	在黄泥塘,听毕摩诵《指路经》/ 155	
雷平阳	三川坝观鹭 / 156	
唐　果	夏至日的抒情诗 / 157	
温酒的丫头	翻越觉巴山 / 158	
尹　马	乙未词 / 159	
于　坚	致胡安·鲁尔福 / 160	
张雁超	山上的现场 / 161	
朱绍章	纪念曼德拉 / 162	

山西

韩玉光	寒露诗 / 163
喙林儿	暮色之下 / 164
雷　霆	蓝刺头的忧郁,以及光芒 / 165
宋彩文	夕阳 / 166
宋清芳	退场 / 167
温秀丽	上木角·九十九眼井 / 168
姚宏伟	倒飞的鸽子 / 169
张　琳	夕照寺 / 170
朱鸿宾	夜归人 / 171
宗永兵	掌纹里游泳的鱼 / 172

河北

陈德胜	一个普通的早晨 / 173

陈红为	石头下山 / 174	
大　解	风来了 / 175	
东　篱	一棵芦苇 / 176	
韩文戈	交汇 / 178	
胡茗茗	糖 / 179	
青小衣	自画像 / 180	
晴朗李寒	一半 / 181	
王　琦	留给青砖的记忆 / 182	

山东

梁永周	风中的叶子 / 183	
宁昭收	清明　清明 / 184	
唐江波	秋天一到爱情就会成熟 / 185	
王夫刚	致青春 / 186	
王桂林	蓝色蜥蜴 / 187	
王　琪	边地 / 189	
夏海涛	所有的花都涌向春天 / 190	

河南

董　林	致普拉斯 / 191	
高金光	四月 / 192	
韩　冰	因为一场雨 / 193	
老家梦泉	有一抹阳光射进来 / 194	
森　子	清古寺村 / 195	

邵　超　　对着一幅八卦图发呆 / 196

徐慧根　　瓦罐 / 197

张鲜明　　胆子大起来 / 198

张晓雪　　合欢树的秘密 / 199

安徽

阿　成　　东山 / 200

方文竹　　遗产论 / 201

孤　城　　养鱼经：不关睡莲，及其他 / 202

韩庆成　　儋州1097 / 203

何冰凌　　法罗岛 / 204

黄玲君　　蛾 / 205

李　云　　一滴雨突然而至让我惊悸 / 206

其　川　　白芦镇 / 207

田　斌　　割艾 / 208

王正洪　　古道之故乡 / 209

叶匡政　　塑像 / 210

左　云　　远走的女郎 / 211

江苏

车前子　　报告 / 212

龚　璇　　藏地夜曲 / 213

胡　弦　　非童话 / 215

胡正勇　　在竹坞里，经常和神相遇 / 216

庞　培　　永久沉寂 / 217

许　军　　暗器 / 218

雪　鹰　　邂逅 / 219

育　邦　　因为雪 / 220

子　川　　似有 / 221

上海

艾　茜　　太阳花 / 222

冰释之　　我在等旧世界传来的消息 / 223

缎轻轻　　激流 / 225

古　冈　　出走 / 226

严　力　　维修 / 227

郁　郁　　病了 / 228

张春华　　地上保留最好的建筑 / 229

湖北

剑　男　　母亲的镜子 / 230

李以亮　　石漫滩之夜 / 231

毛　子　　清单 / 232

谈　骁　　父亲和我们说起未来 / 233

熊　曼　　夜读《萧红》/ 234

余笑忠　　给无名女孩 / 235

张　洁　　怀古 / 236

张执浩　　被词语找到的人 / 237

张好好　　　爱上孤旅的河 / 239

湖南

解　　　　　宋朝的光线 / 240

李不嫁　　　我忍住疼痛，像一片阿司匹林 / 241

梁尔源　　　拉卜楞寺的红袈裟 / 242

刘起伦　　　在寂静的雨天怀人 / 243

罗鹿鸣　　　我想活得像一朵云 / 244

吴投文　　　你说什么都是什么 / 245

邹联安　　　一棵树，一只鸟 / 246

江西

陈伟平　　　在白云禅寺 / 247

程　维　　　述怀帖 / 248

大　枪　　　威海孔庙 / 249

樊健军　　　我在 45 度的山坡上遭遇这些 / 250

林　莉　　　轮回 / 251

圻　子　　　具体的孤独 / 252

钱轩毅　　　月夜蟋蟀 / 253

山　月　　　纪念日 / 254

王彦山　　　等 245 路公交车不至 / 255

渭　波　　　秋天：如果 / 256

左拾遗　　　终南山 / 257

浙江

冰　水　　　失眠之夜 / 259

方石英　　　野罂粟 / 260

黄亚洲　　　山西高平：炎帝陵 / 261

江　离　　　天真的经验 / 262

蒋立波　　　肖像：献给马尔克斯 / 263

流　泉　　　竹枝词 / 264

慕　白　　　四月七日遂昌逢刘年 / 265

桑　子　　　恰如其分的灰 / 266

云冉冉　　　窗前的木偶 / 268

福建

康　城　　　图书馆前 / 269

林宗龙　　　完整的妻子 / 270

鲁　亢　　　洗手的神 / 271

落　地　　　隐士的果园 / 272

汤养宗　　　祷告书 / 273

伍明春　　　纪念 / 274

徐南鹏　　　如果长江的源头始于善 / 275

张文质　　　模仿阿米亥的字迹 / 276

庄伟杰　　　南十字星空的蔚蓝 / 277

广西

非　亚　　　爱 / 279

黄　芳	那只猫 / 280	
刘　春	最后的夜晚 / 281	
刘　频	俘虏 / 282	
陆辉艳	强迫症 / 283	
罗　晖	春天的模样 / 284	
田　湘	小草不是风的奴仆 / 285	

海南

艾　子	我想去祖国的西部 / 286	
陈波来	丁酉年初，候高作余归北 / 288	
冯　椿	细雨湿梦 / 289	
韩芍夷	我与母亲 / 290	
乐　冰	命薄如纸 / 291	
彭　桐	夏夜有声 / 292	
余正斌	夜晚，或长调 / 293	
许燕影	月光一碰就碰伤的疼痛 / 294	
雁　西	祭敖包的早晨 / 295	
衣米一	夜雨 / 297	
远　岸	掌纹地密码 / 298	

广东

阿　翔	天使的眼泪传奇 / 299	
波　儿	父亲的车站 / 300	
陈陟云	黄昏之前 / 302	

冯　娜　　陌生海岸小驻 / *303*

黄礼孩　　我爱它的沉默无名 / *304*

黄廉捷　　河流的记忆 / *305*

黄　刚　　天堂里的龙井（外一首）/ *306*

冷先桥　　此去经年 / *308*

梁永利　　夏日 / *309*

刘　郎　　在群里和李婵娟聊天 / *310*

谭　畅　　女儿心 / *311*

王小妮　　含着月亮 / *312*

晓　音　　歌德的时间 / *313*

徐敬亚　　放声大哭 / *314*

丫　丫　　出窍 / *315*

曾祥文　　云的眼泪 / *316*

张德明　　小秋天 / *318*

赵金钟　　阅读母亲 / *319*

赵目珍　　在妇儿医院 / *320*

钟　明　　禅茶 / *321*

韩庆成　　编后记 / *323*

食指尖上的诗歌狂欢

——2017 中国诗歌年选序

徐敬亚

忽然想起20年前我那款诺基亚了。1997年，我的第一部手机，著名的8110，就是带着一袭小弧度，像一个缩小了的古代笏板的那款黑瓦片。当年，它的香蕉弧线，它的下滑机盖，显得那么时髦，那么优美。又想起在北京，大约十年前，一位刚创办手机传媒公司的朋友举起手机说：将来，它，就是个人电脑，将取代电视，终端呀第一终端！……那时我觉得完全不可思议。当年我的手机是已经够先进的酷派，而2007年的智能触摸屏幕还十分迟钝，网络终端更没有降临手机，那一年苹果1才刚刚面世。

又过了两年的2009年，被称为3G元年，中国向运营商正式发放了3G牌照。从那时起中国正式进入手机终端时代。不足十年，苹果刚刚从1走到8，人类已经把整个世界按在了食指末梢的下面。

从那一年起，人们低下了茫然四顾的头，深深沉于食指下方不足半寸之遥——如果画一个像，为人类几千年的基本姿势画一个像。1000多年的时间里，人的姿势是弯腰收割。几百年的时间里，人的姿势像卓别林那样拧螺丝。而我们刚刚经历的几年里，人类发明了一种新的姿势——眼睛盯着食指，食指划动屏幕……且不说更年轻的人们，则两个食指两个拇指四指齐上。

进化了千万年之后，人类的手指竟然有了高低之分。食指，忽然无比尊贵。伸出食指，注视它，试一试看它啪啪打火，试一试食指尖端升起一小支蓝色火焰。食指文明——从农业文明到工业文明之后的第三文明吗。

正是这眼睁睁的短短数年，一个不可思议的预言，竟如此快速地占领了我们的生活。当巨大到无与伦比的互联网一下子钻进了每个人的手里、眼里，整个世界与人类的关系便发生了改变。网来了，全世界的消息都来了，所有的传媒都来了。网来了，所有的书籍都来了。网来了，所有的亲朋好友都跟来了……手机，已经成为人类须臾不能离开的物品。甚至它已经不是物品，而成为人的身体和神经的一部分。每天我们像皇帝批阅奏折一样，回复各类信息。当我们在某人的奏折上点了一个"赞"字，那意思哪里还是称赞，那是一种以假冒愉快的方式通知对方"朕知道了"。

躲在深处的诗，也在食指下面出场了。

从上世纪八十年代至今，30多年后我们再一次被诗包围！不同的是，这一次的诗歌刊物与诗歌出版社，变成了民众战争的汪洋大海：千千万万的朋友圈，五花八门的微信群，还有不胜枚举的公众号……无以计数的音频、视频……个人诗歌电台……《读首诗再睡觉》……不，不能睡觉，我要读诗！读啊读，从早读到晚，从明读到黑，从小读到老……

几千年来，诗从来没有这样逼近人类。不必甲骨，不必竹简，不必丝帛锦缎，亦不必笔墨纸砚，只要手指轻轻一点，一首首的短诗、组诗、长诗，便一股脑儿涌上屏幕。这时候，你与诗的阅读关系已经被确定、被钦定、被法定——那是在你匆忙接听了一个电话之后，在你刚刚发出一个短信之后，在你喝一口茶随手打开手机之后，甚至在你刚刚蹲上马桶之后……当眼睛与诗接触的那一刹那，阅读便已被迫开始。你刚刚还在地面上爬行，现在必须突然飞上高空。你看了一眼题目，然后扫过第一节。还没有看清几个字，你的食指便飞快地翻过了一屏……后面的诗，好像无边无际，你翻了一屏又一屏，最后你的食指终于滑到了底。你松了一口气。在表情栏里点了一个笑脸发出去了。奥，不对，你慌忙又找了一个大拇指"强"，连击三次，强强强！再次发出去。天哪，一首诗终于阅读完毕，你终于可以向屏幕背后隐藏着的朋友交差了。你知道，为了这一屏又一屏的分行的句子，费尽了心血的朋友正翘首以盼。

其实没什么大不了的。不过是一个人在远方动了动手指，一首诗、一堆诗出现在屏幕上。接着，一个人，又一个人动了动手指……无数的人动了动手指……无边无际的诗，出现在无边无际的屏幕上……

诗，和人类和我们，已经有了几千年的关系。现在这种关系变了。在微信中，诗以前所未有的5种方式逼近了：

1. 专门的诗歌APP软件：如《诗》《诗库》《原创诗》，是上了档次的诗，相当于化了妆，相当于进了图书馆、博物馆，你可看可不看；

002　　2017中国诗歌年选

2. 诗歌类公众号：此类诗数量无限大，没人能统计中国有多少个诗歌公众号，所有的诗刊、诗报、诗歌团体都有自己的号，如《诗歌周刊》的《诗日历》，是最早出现于微信的诗歌日刊。一些著名诗人也经营着自号，如《大卫工作室》。这相当于过去的纸质诗刊。你可关注可不关注；

3. 朋友圈里的诗：几乎所有的上网诗人，都在自己的网络平台上发表过自己的诗。这类诗相当于个人诗刊。同样你可进入也可不进入，鸡犬相闻，相当于你被邻居包围；

4. 微信群里的诗：不断被拉入各地、各种诗歌微信群，现已成为众多诗人不断遭遇的拉郎配。几十人、上百人的大微信群，相当于大型的临时诗群。这相当于聚众、结社、加入组织。一旦拒绝入社，不但驳了介绍人的面子，也似乎迁怒于众，相当于被诗绑架；

5. 直接发给你的诗：这是一种最新手抛型礼物，一种无端无成本的电子赠品，同时也是一言不发的阅读邀请。不管隔着千里万里，一首诗嘣地一声扔进了屏幕。就如同迎面走来一人，冷不防将一本厚厚的诗集一把抛入你的怀里。这种强迫阅读李白杜甫碰不到，聂鲁达和金丝伯格也碰不到。

当诗以不可阻挡之势闯进了人们的日常生活时，你才忽然感到：阅读诗歌是需要一定心情的。这个真理人类几千年都没有机会体会。

真是新鲜呀，我们竟然有必要认真地讨论一下读诗的必要前提了。读诗的最高境界当然是古人般沐浴更衣、焚香斋戒，那样过于神圣的年代肯定已经一去不返。读诗，至少应该是平静的吧，至少应该稍稍脱离俗世一步之遥吧，至少在内心里有一个百米起跑的蹲踞式准备动作吧。因为读诗不仅是审美的还原，更应该是自我的想象与创造。在缺少时间与耐心前提下的被迫阅读，阅读者只是机械地完成阅读任务，哪里还能飞起来想象与创造。

诗，不同于口水式的日常叙事。与日常生活的其它经验相比，诗过于浓烈，也过于矫情。当诗肆无忌惮地渗入了我们的生活，如同把水泼进浓硫酸当中，它将激起本不应属于诗的强烈厌烦和无法逃避的尴尬。

可怕的是，这样的3G、4G、甚至5G、6G的生活，将像无边的尸布一样展开。我们与诗将以此种混战、巷战、白刃战的方式长期共存。生活从来是在你没有准备好的情况下开始的。如前面所说，你的蹲踞式还没有做好，发令枪却早已响起。

幸好，在我们活着的年代，纸质的诗，最后还曾经残存过一段宝贵的时光。

幸好，这本《2017中国诗歌年选》淑女一样静静地摆在你的面前。
幸好，你的没落贵族一样的缓慢阅读，现在可以开始了。

2017 年 10 月 24 日

安琪 an qi 的诗（北京卷）

鸦群飞过九龙江

当我置身鸦群阵中
飞过，飞过九龙江。故乡，你一定认不出
黑面孔的我
凄厉叫声的我
我用这样的伪装亲临你分娩中的水
收拾孩尸的水
故乡的生死就这样在我身上演练一遍
带着复活过来的酸楚伫立圆山石上
我随江而逝的青春
爱情，与前生——
那个临风而唱的少女已自成一种哀伤
她不是我
（并且拒绝成为我）

当我混迹鸦群飞过九龙江
我被故乡陌生的空气环抱
我已认不出这埋葬过我青春
爱情
的地方。

（原载《福建文学》2017年第7期）

大卫 da wei 的诗（北京卷）

致母亲

什么样的风，可以把你屋顶的草叶吹乱
甚至，吹出那些草叶背光的一面。这个下午
想你，很突然，当时站在房间里
忍不住，全身发热，甚至有一点点的抖颤
眼泪突然哗地下来了……妈妈，我想你肯定因为
你想我。天气转凉了，我不能为你加衣
你亦不能为我掖被子，这些年
阴阳两隔，你我皆孤单
每年，总有那么几天，在异乡的路口
为你烧些零碎的纸钱，那些火焰
全是冰冷的火焰，那些灰烬
皆为发疯的灰烬
妈妈，燕子又将南归
而我，却颤抖得抱不住自己

这风，就要把人间吹蓝，头顶上的天空
呈穹窿状，正在来临的黄昏，带了一点点
烟味。妈妈，昨天我见到的丝瓜花
开得真好，那清香，仿佛不是来自花瓣

而是直接溢自藤蔓。如此美好的一天
就要过去了,妈妈,太阳正在缓缓落下
仿佛我看到你走在咱家屋后,又摘了一个大南瓜
小时候,你养不起一个儿子
而我现在却养得起十个妈妈——

哮喘的妈妈、肺气肿的妈妈
咳嗽一夜不停歇的妈妈
贫血的妈妈、脱发的妈妈、耳朵有些背的妈妈
神经质的妈妈、戴着老花镜在昏暗的
煤油灯下缝补旧衣的妈妈
推了半夜的磨直不起腰的妈妈
把棍子高高举起又轻轻放下的妈妈
……十个妈妈都走了,现在
我没有一个妈妈可喊。全世界都给我了
却没有给我留下一个妈妈——
哪怕哮喘病的妈妈
心脏病的妈妈,神经质的妈妈

露从今夜白,妈妈
作为你骄傲而又放心不下的儿子
微凉之日,妈妈,我是自己
亦是万物——
那高过天堂的幸福,是我的
那低于尘世的耻辱,也是我的

(原载《山东文学》上半月 2017 年第 7 期)

高兴 gao xing 的诗(北京卷)

秋天,君山

秋天,没有水的簇拥
君山多少显得有点寂寥
有点憔悴
甚至失去了岛的形容

斑竹,茶园,传书亭
纷纷陷入回忆
并凭借各种线索
搜寻那个顶着荷花的夏天

此刻,柳毅井旁
站着另一名女子
甜柔,迷人,牵着孩童
说着一口我听不懂的方言

她并不知道
自己幸福的表情,无意间
替代口令,已为季节

和季节打开了某条秘密通道

（原载《诗洞庭》2017 年第 1 期）

侯马hou ma的诗（北京卷）

蚯蚓的歌声

暗夜，蚯蚓用粪便建造了金字塔

这人类难以企及的精良的盾构机
它只有一个意念就是吞咽
它只保留一个器官就是肛肠

但是，当它在柏油马路上面临毒日
升起时水分消失殒命的危险
它依然把救援的手视为加害
蠕动的身躯竟然可以弹簧般跃起

它说沉默是金
它入土为安乐窝
它是不长胡须的法老
恐怖的双面双尾人

它可以但实际上不同自己做爱
但它绝对不能一分为二哪怕平均
它保留吸血家族的古老习性
为星球打工,替蛇还债

我的诗人兄长宋晓贤接受绰号蚯蚓
他最早告诉我说沉默是金
但我听到他一度以祈祷终究还是以梦为歌
我在秋夜大自然的合唱中分辨陌生之音
那把发声器官和裹尸布合为一体的正是蚯蚓

(原载微信公众号《突围诗社》2017年10月)

吉狄马加 ji di ma jia 的诗(北京卷)

时间的入口

有诗人写过这样的诗句:
——时间开始了!
其实时间从未有过开始,
当然也从未有过结束。
因为时间的铁锤,无论
在宇宙深邃隐秘的穹顶,
还是在一粒微尘的心脏,

它的手臂，都在不停地摆动，
它永不疲倦，那精准的节奏，
敲击着未来巨大的鼓面。
时间就矗立我们的面前，
或许它已经站在了头顶，
尽管无色、无味、无形，
可我们仍然能听见它的回声。
那持续不断地每一次敲击，
都涌动着恒久未知的光芒。
时间不是一条线性的针孔，
它如果是——也只能是
一片没有边际浮悬的大海。
有时候，时间是坚硬的，
就好像那发着亮光的金属，
因此——我们才执著地相信，
只有时间，也只能是时间，
才能为一切不朽的事物命名。
有时候，时间也是柔软的，
那三色的马鞍，等待着骑手，
可它选择的方向和速度，
却谁也无法将它改变。
但是今天，作为一个诗人，
我要告诉你们，时间的入口
已经被打开，那灿烂的星群
就闪烁在辽阔无垠的天际。
虽然我们掌握不了时间的命运，
也不可能让它放慢向前的步伐，
但我们却能爬上时间的阶梯，
站在人类新世纪高塔的顶部，
像一只真正醒来吼叫的雄狮，
以风的姿态抖动红色的鬃毛。
虽然我们不能垄断时间，
就如同阳光和自由的空气，

它既属于我们，又属于
这个星球上所有的生命。
我们知道时间的珍贵，
那是因为我们浪费过时间，
那是因为我们曾经——
错失过时间给我们的机遇，
所以我们才这样告诉自己，
也告诉别人：时间就是生命。
对于时间，我们就是骑手，
我们只能勇敢地骑上马背，
与时间赛跑，在这个需要
英雄的时代，我们就是英雄。
时间的入口已经被打开，
东方这片古老土地上的子孙，
已经列队集合在了一起。
是的，我们将再一次出发，
迎风飘动着的，仍然是那面旗帜，
它经历过血与火的洗礼，
但留在上面的弹孔，直到今天
都像沉默的眼睛，在审视着
旗帜下的每一个灵魂。
如果这面旗帜改变了颜色，
或者它在我们的手中坠落在地，
那都将是无法原谅的罪过。
我们将再次出发，一个
创造过奇迹的巨人，必将在
世界的注目中再次成为奇迹。
因为我们今天进行的创造，
是前人从未从事过的事业，
我们的胜利，就是人类的胜利，
我们的梦想，并非乌托邦的
想象，它必将引领我们——
最终进入那光辉的城池。

我们将再次出发,吹号者
就站在这个队伍的最前列,
吹号者眺望着未来,自信的目光
越过了群山、森林、河流和大地,
他激越的吹奏将感动每一个心灵。
他用坚定的意志、勇气和思想,
向一个穿越了五千年文明的民族,
吹响了前进的号角,吹响了
——前进的号角!

(原载《人民日报》海外版2017年10月11日)

李少君 li shao jun 的诗(北京卷)

西山如隐

寒冬如期而至,风霜沾染衣裳
清冷的疏影勾勒山之肃静轮廓
万物无所事事,也无所期盼

我亦如此,每日里宅在家中
饮茶读诗,也没别的消遣
看三两小雀在窗外枯枝上跳跃
但我啊,从来就安于现状

也从不担心被世间忽略存在感

偶尔，我也暗藏一丁点小秘密
比如，若可选择，我愿意成为西山
这个北京冬天里最清静无为的隐修士
端坐一方，静候每一位前来探访的友人
让他们感到冒着风寒专程赶来是值得的

（原载《诗歌月刊》2017年第5期）

刘剑 liu jian 的诗（北京卷）

布达拉宫

从后山攀登上去
那么多的经卷晒在蓝天下面
风再沉 遇到煮海为盐的人也会
让开一条道路

红山下埋藏着无数珍宝
只是它暂时被一座庞大的宫殿压着
碰到失意的喇嘛 会把死去的往事
像佛珠一样挂在一株菩提树上

佛塔上落着两只鸟儿 它们从西天飞来

羽翼却是东方的花草繁育的
诵经声从幽深处传来
两只鸟儿也放开了嗓音

一阵风从山前吹来　吹进了佛门
我顿感生命中有一种不可名状的凝重
像五世达赖纯金包裹的塔身
蓦然回首　我已找不到来时的山门

（原载微信公众号《新诗天地》2017年6月28日）

娜仁琪琪格

na ren qi qi ge 的诗（北京卷）

春雪

和你的信息到来的是一场春雪
打开手机时　文字就和漫天飞舞的
雪片　一起降落
我抬头　浩大的天音　洒下甘霖
洒下甘霖时　一双结实有力的手
将我从深渊中捞起

我的双眸盈动的水花　　被云隙里的阳光
映照　豁亮的
豁亮的阳光　驱散着乌云　也驱散着累日的阴霾
洁白的雪　闪动着晶莹的光　千万个小太阳
在闪耀
我看见　所有的树挂　挂着的不是雪
是天神　咏唱希望的讯息

我注定要一次又一次　逆着时间的洪流
返回到那里　2013年3月20日
鹅毛飞雪　在盛大无边的洁白里
扬起头　阳光穿透云隙
洪大的讯息　就重新降临

（原载《诗潮》2017年第8期）

汪剑钊

wang jian zhao 的诗（北京卷）

冬至

是的，已经是冬至，
我独自把每一个字与词挨个掂量，

赶在群体性雪花飘落之前。

感情降到零度,
去掉负数,也去掉正数,
一切重新开始,
在镂空的树洞触摸成长的意义。

我,站在我的身外,
眯眼端详无谓忙碌的一尊躯壳。

从今天开始,尝试重新做一个婴儿,
与环形的符号成为亲密的邻居。
手握一枝乌鸦遗弃的枯枝,
享受自由涂鸦的快感,接受声音与象形的爱抚……

哦!感谢母语,这皱纹密布的汉字,
美是艺术的初恋,——蓦然回首:
诗,再一次逼近生活的内核。

冬至日的夜晚,在入九的寒风里哆嗦,
有点沮丧,但我不绝望。

(原载《草堂》2017 年第 9 期)

西渡 xi du 的诗（北京卷）

星星锯开……

1

星星锯开，雪，这飞扬的信心之粉末
洒在马槽上空。天边外
圣婴降生的第一声啼哭，远远传来。

铁铲刮擦地面。有人在天上挖掘光。
房顶上，踩轮滑的天使小声说话。
骑马的人跑到旷野上，仰着脸。

2

这下垂的星体，扩大的冷，
她的双手几乎抱不住
这睡着的儿子，关闭了呼吸。

树林，这默祷的人群。
村庄，这圣歌的教堂。

旷野，这光的垂直的四壁。

（原载《草堂》2017 年第 2 期）

潇 潇 xiao xiao 的诗（北京卷）

请你欺骗我

假如我拔掉时光的白发
走失的水色重回脸上
你与他们会纷纷赶来
酷爱我——早年诗歌的迷香

为我某一个偶然
安逸、鲜嫩
火中取栗的佳句
和月光下的鲁莽、冒失
辗转反侧

你书信中碳素墨水的笔迹
可以绕地球三周
却不能穿过大院的高墙
和门卫的岗哨
迎娶我一颗干净的心

而今，你巧舌如簧
不费吹灰之力
就拿走了我深夜的雨水
去浇灌你地下的
一株株花心和盆景

我裹紧早晨第一缕
还有些惶恐的阳光

想一想，我独一无二的
前世今生
想一想，这急功近利的世界
到处都是有钱的穷人

唉！我再也没有更多可失去的
请你欺骗我吧

（原载《北漂诗选》2017 年卷）

叶延滨 ye yan bin 的诗（北京卷）

小情调

小家伙，那么小的一粒砂
让走路变麻烦
叫散步成了不愉快
——绝不能让它钻进回忆里
那会硌痛了梦

弯下腰
抖一抖

听见比砂粒还小的痛快话
——多臭的脚丫啊
傻子才舍不得走，走也……
砂粒消失了，哪去了？
想找它真比登天难！

（原载《草堂》2017 年第 3 期）

臧棣 zang di 的诗（北京卷）

芒果入门

芒果的说服力
确实值得借鉴。黄色越醒目，
成熟越绝对。它们赞同这想法，
并鼓励这样的迁徙——
甜，沿北方的记忆
放大了世界的爱。每个人
都可能沾边，和每个人
都有机会沾边的区别
真的有那么大吗？芒果的疯狂
比你在我们的死亡中
懂得的东西更接近本质；
它们将它们的本色
陈列在时光的形状中。
不论你在哪儿，只要我们手里
还没拿着原始的石头，
你就比地狱幸运。捏一下五月，
还没怎么反应过来呢，
生活的臀部已缀满了
你的芒果。我如果还有别的替身，

我会比现在更愿意看到
将金枝压向大地的哭泣的
那最后的重量,来自你
有一颗无知的甜心。

(原载《中国诗歌网》2017年3月8日)

张二棍

zhang er gun 的诗(北京卷)

致我的侏儒兄弟

这里,是你两倍高的人间
你有多于我们的
悬崖,就有了两倍的陡峭
你有更漫长的路
要赶。兄弟,你必须
比我们,提前出发
并准备好,比我们
咽下更多的苦,接纳
更多的羞辱
在路上,我的侏儒兄弟
你那么小,只能背负

少得可怜的干粮
你那么小，却要准备好
两倍的汗，和血

（原载《诗歌周刊》2017年4月29日第259期）

周瑟瑟 zhou se se 的诗（北京卷）

所有逝去的……

所有逝去的都是些什么
一把新锁挂在栗山的院门上
黑暗中的手哆哆嗦嗦
钥匙插不进锁孔
我知道所有逝去的
再也不会回来
哥哥举着手电
在夜里砍下的树枝
春天一来，又会疯长
空屋里住着妈妈的气息
我相信一直到我老的那一天
所有美好的回忆
都将填满我衰老的身体
新锁生锈，新坟变旧坟
我将告老还乡

把所有逝去的重现

(原载《北京文学》2017年第10期)

包临轩

bao lin xuan 的诗（黑龙江卷）

风和树

树，在等着风来
不然，它就只有沉默
每一片叶子，都低着头
既然无法挪动位置
便剩下坚守，风
是它唯一翘首以待的理由

不管从哪个方向来，风都属于远方
总会带来另一个世界的气息
和美妙的旋律

只要风来，就好
无论是狂暴的，还是轻柔的

打破沉寂
树，就会兴奋莫名，发出喧响

风说，我不能总是刮过来，又刮过去
无枝可依

我在寻找一棵树，甚至一片森林
我要在高高的树梢上歌唱
摇撼硕大树冠，让它虎虎生风
我要看到大树，在我的激励中起舞
每一片树叶，都充满振作的力量
而清丽的鸟鸣，像一群儿童
从小小巢穴，应声而起

树和风的奏鸣，将演绎无穷的天籁

风一直在寻找着树，树们
等着风来

（原载《中国作家》2017 年第 4 期）

曹立光

cao li guang 的诗（黑龙江卷）

桦树林前

马在岸边吃草
修长的身子与大地画着等号
秋风抚摸它的鬃毛
甩动的尾巴把喜鹊的叫声寻找
桦树林前
黄色雏菊探出梦的襁褓
小小的花瓣儿，抽搐的嘴唇
一座新坟
面南背北
种一辈子粮食的人，终于在死后
把自己，拱出土地

（原载《诗刊》下半月2017年第8期）

陈爱中

chen ai zhong 的诗（黑龙江卷）

雪夜想起肖邦

会想起肖邦，在一个寒潮即将到来的夜晚
理智是虚无的，并伴随着愕然，雪也会来到

华沙街道边的休闲椅上都有刻出的
黑白线条的钢琴曲谱，从机场、公园
到手表，到处在想念肖邦，就如我今晚一样

但音乐在隐藏、静默，等待每一双温热的手
去抚摸。也许能张扬起C大调那缥缈的翅膀，
煽动历史的悲凉，或者是圆舞曲在孤独的心脏
里荡漾，为怜悯的上帝所感知，但依然是虚妄。

C小调的夜曲会如今晚的静谧，月光飘洒在
即将到来的雪上，覆盖并包裹巨大的不安，
去想象过于绚烂的玫瑰、孤独到炸裂的烟花
还有巴黎左岸混合着尿骚味的飘香

归葬是月亮背后的黑暗，只要是异国他乡，

命运便是永无归途，乔治·桑先生的流艳
让现实燃烧，花丛中的大炮，那消遣寂寞
和流浪的泥淖如碧落的秋叶，癫狂就是生长

几年前，我就坐在那栋小楼的楼梯口，安静地
凝视童年肖邦的那一片天空，在那个略显黑暗
的地下室，默默地注释那些潦草的五线谱，
如骷髅一样，在用死亡彰显曾经活着的力量
黑白照片透视的层层幽暗，就如今晚正在
纷纷飘落的雪，敲击着键盘。

（原载《新大陆》2017 年第 8 期）

冯晏 feng yan 的诗（黑龙江卷）

士兵归来

——《比利·林恩的中场战事》观后

他活着，红色可以让他再次死去，
他怕移动，黏液，土渗进水，
他怕提到物品带壳，松子、橄榄球，
与子弹和刀枪相似的，
他都怕。他怕投射，
赛场爆发起冲锋，他怕迟疑，

黑暗从枪口内被翻出来,
像裤脚又被卷起,死亡增加一次对视。
他怕辨认,风随时袭来一个面孔,
他怕离开水之后,鱼吞咽静默的厚唇。
他怕庆典,爆竹声、粉色绸缎流淌,
他怕鸭脯、肠胃叠加,或者肉食碎块。
他怕吟咏经文,安慰和抚摸……。
他怕时间剩余时返回的那个地狱。
光辉是暖色的,圣塔脱去晚霞,
他也怕。
他怕书变旧,油菜边发黄,
追忆与噩梦十指相扣。
他还没有失去一切,包括疼痛。
夜里,堵塞感、窒息感交替复发,
他怕终止聆听,看见,以及闻到,
那些他都熟悉的"一刹那",
始终在他枕边,入睡之前发出沉默,
当土墙变矮,爬行和无声时,
呼吸是奢侈的……

(原载《作家》2017年第10期)

郭富山

guo fu shan 的诗（黑龙江卷）

家信

父亲，多年不见，我不得不
抱歉地对您说，不是我不小心

红尘尚未及半，我就弄丢了长鬓、短尾
警觉的目。弄丢了肝胆，弄弯了脊骨，一张脸
风化成南山的石头，一张脸藏于成堆
的往事，一张脸绷成不停发出噪音的鼓

你最初见我时的模样，新鲜而干净
太阳走在上工路上，上工的人走在太阳里
我走在上工的人群。蛇在脱衣，苹果又红又绿
演示死亡或者重生。我模仿不了它的节奏
零件一路丢失，在看得见的，看不见的
事件里。

父亲啊，不要埋怨我，襁褓里的我多么无辜
而今，我学会了磨刀，擦枪，让邻居的小孩
因为一个饭团而流血

父亲，给您写这封信
就是想问你，我丢的那些零件是泥土做的吗
那样，我就会很欣慰，我已还给了泥土
是水做的也可以呀，我已还给了水

(原载《诗歌周刊》2017年4月29日第259期)

李能 li neng 的诗（黑龙江卷）

月朗边关

月光流淌
把乌黑的枪管洗成犀利的剑
一道闪电逼灭星星的眼睛
树影随月光摇曳
唯哨塔留下坚定的身影
刚好落在我的身上
我的影子淹没在哨塔的内心深处

月朗星稀的边关格外恬静
我肩着的钢枪没有缄默
发烫的枪膛响着嘹亮的呼啸
射出的子弹旋转着钻进山体

把坚硬的岩石雕成灿烂的花朵

静静的月下
逶迤的江水摇晃着金子
悠远的天籁拖出明亮的弧线
我的双眼有亮晶晶的水光
一直把远方眺望
仿佛在守候着恒久的温暖

(原载《中国国防报》2017年3月28日)

杨河山

yang he shan 的诗(黑龙江卷)

诗人
——读 V. S. 奈保尔《B. 华兹华斯》

我们是否会像诗人 B. 华兹华斯那样,
整整一小时蹲在小棕榈树下,看某个人家的蜜蜂?
或者看蚂蚁,还有蝎子、蜈蚣和两栖鲵?
我们看到牵牛花那样一朵小花,是否会哭出来?
就像诗人,并且如他所说,为什么哭呢?
所有事都可能让你哭出来,因为你是个诗人。

(原载《星星》2017年第9期)

赵亚东

zhao ya dong 的诗（黑龙江卷）

清晨的散步

我在天色渐渐变亮时
去飘荡河边散步
我知道，比我更早到这里的是
一股凛冽的寒风，撕开东边的天幕
让我能够远远地看见村庄里
那些早起的人家，正在打扫院落
去城里的马车也刚刚上路
几个年幼的孩子纷纷跳上去
叫了一夜的黄狗，此时变得温顺
在草垛一角，凝望着新月
我珍惜这样的时辰
也将在更明亮的一天
给我的儿子写信
但是我不知道我要写些什么
我无法描述这些贫寒的人们
怎样守护他们隐秘的快乐
我也无法说出
在刚刚过去的夜晚，是什么力量

让我从岁月的枷锁里,挣脱——

(原载《草堂》2017年第4期)

阿未 a wei 的诗(吉林卷)

到此为止

到此为止,我决定原谅一整天的阴霾
原谅今夜无月和你的又一次晚归
我一个人吃晚餐,一个人
在台灯下写孤独,写自己身体里
暮年的温度,在十二月变得越来越凉
我开始原谅前一秒钟的流逝和
紧接着必将到来的巨大的虚空,原谅
不可能有奇迹发生的静默和坚守
以及一些可能到来的坏消息
到此为止,我决定原谅一直以来
我与这个世界的无言以对,当然
也原谅你的唠叨和不再使用昵称的
爱情,原谅这些年有去无回的亲人和
朋友,也原谅窗外光秃秃的远山和
浑浊的河水,到此为止,我必须原谅
此时刻骨的寒冷和周遭片刻不息的
噪音,原谅小心翼翼的活着和写下的

这些与活着一样平庸的诗句……

(原载《中国诗人》2017 年第 2 期)

得儿喝 de er he 的诗(吉林卷)

我比一根木头更不幸

木耳被摘走后
树就听不到那只鸟
向它倾诉爱情的甜蜜鸣啭了

我比一根木头更不幸
爱情的呢喃
我还从来没有听到过

(原载《诗潮》2017 年第 9 期)

董 辑 dong ji 的诗（吉林卷）

块垒

总是在午夜时分，万籁俱寂以后
我胸中的块垒就会突起
就会，定期挤痛我的心灵
我会听到回忆中石头相撞
一把看不见的刀，在一个又一个名字上
不停地割我的血肉

往事的炎症又一次发作
脓血和疼痛，蒙住我的眼睛
此刻我翻开的任何一本书里
都没有篝火，也没有星光
我想起的任何一张脸上
都没有鲜花，没有笑意

常常在这样的午夜时分，万籁
俱寂以后。在心被一块块石头
追得无处可躲的时候
在把叹息夹在书页中以后
我会感到我胸中的块垒

已经变成了,我性格中的珠穆朗玛

(原载《荆州晚报》2017年8月2日)

郭良原

guo liang yuan 的诗(吉林卷)

一月一日,在北方

一月一日是元旦节
上午我在屋子里
看窗外的雪

这雪是上个星期下的
落下来就冻住了
像勇士的铠甲
有人告诉过我
它们要到明年的四五月份
才会化完

微信朋友圈闹哄哄的
俗得掉渣的新年祝词
此起彼伏

我准备关掉手机
上电脑斗地主

等会去弄两个小菜
炸点花生米
枸杞泡的高粱酒还有
得整上两杯
然后,睡它两个小时
起来进爱奇艺看部免费电影

于是,天就黑了
于是,元旦节就过去了

(原载《诗东北》2017年上半年卷)

王法wang fa的诗(吉林卷)

冬至

雪已经不是雪了
人的良心已容不得这世间的一点白
阳光躲的远远的
江河已经冰冻

道貌岸然者依然道貌岸然
安静、沉默已经难以拯救
那就磨亮屠刀
和这个人间一决死活

我的爱人呵心急如焚
物我两忘是不可能的
那就让我们做一件有益的事
给世上一切的黑写好悼词

(原载《流派诗刊》2017年第1期)

张洪波

zhang hong bo 的诗(吉林卷)

北风的东北

扎进骨髓的北风
东北性格
让你肺腑都凉透了
让你的嘴说不出撒谎的话
把你彻底冻干净

但不冻死你
让你活着
活着的过程中总能想到冷
让你明白温暖是一种奢侈

北风从心里冷酷地划过
以前所有的事情就都不算什么了

（原载诗集《小诗60首》2016年10月版）

张晓民

zhang xiao min 的诗（吉林卷）

我想在云南找一处安身立脚的地方

我想在云南找一处
安身立脚的地方，那地方一定
不会很大，不会有太多的人声鼎沸
车水马龙，更不会有什么错综复杂的
恩怨情仇，明枪暗箭
甚至连现代通讯的信号也不是很好
经常性地时断时续，或若有若无
像我年轻时的爱恋，总是那么的青葱稚嫩

纷乱无绪……有时泥泞的你都不知道
从哪儿落脚儿，以至于后来
很多的故友、亲情，也只能是
亲情故友了，他们更多的会以为
我已在这个世界销声匿迹，撒手人寰
但其实我还活着……清晨醒来
总是能够听到一些不知名的
鸟儿的鸣叫，和溪流潺潺的呓语
推窗望去，总能看到白鹭成群结队地
飞过边陲小镇绵延起伏的山脉之上
有些瓦蓝如梦的天空

（原载《作家周刊》2017 年第 6 期）

宫 白 云

gong bai yun 的诗（辽宁卷）

栀子花

含苞中，牛奶变为花
世间多么小的仪式，都藏有深意

两个打坐的人

互嗅着尘世的香息

纵使隔空而来
纵使梵音远去

依然青色凝碧,依然枕着万籁
无尽处,我刹那明灭的欢喜

(原载《诗刊》下半月2017年第6期)

李轻松 li qing song 的诗(辽宁卷)

戌时: 此时明月

万物被勒住了喉咙,我被勒紧了心灵
在山口浮现的那个人,单薄、黑暗
一路低头诵经。身边的草木都变得无畏
可他还没有领悟。捧出一个真理是难的
需要剪烛,需要窗花,恩爱
快抱紧殉难的牛羊、冰雪与一场风暴
像一个献祭的人,洒落眼泪与血
在明月升起之前,万物都找到了因果
我带着自身的庙宇,走到哪里
哪里就有菩萨。经声起伏的地方

动物褪下皮毛,屠刀放下杀伐
我默默地饮泣,用笛声埋下春江和花朵

(原载《十月》2017 年第 4 期)

李世俊 li shi jun 的诗(辽宁卷)

酒徒

石头端坐白云
空气壁立
不灭不生,枯荣外

清澈回甘一粒粒红高粱
发酵的时间
一面陡峭的酒旗

从寺院推门出来的人
拐进巷口

旋转的大街。倒悬天空的
鬼胎

(原载《诗选刊》上半月 2017 年第 8 期)

林雪 lin xue 的诗（辽宁卷）

扫街人

相对于小镇起伏的街道
扫街人是被动的
相对于小镇邮递员
他比绿制服和轻便雨衣
更容易估值
他脸上有两倍于贬黜又擢升的喜庆
相对于像得了文学奖的驽马
他比电瓶车卑微，比堤坝孤立
比秋风、浮云和关卡
更漫无目标
他知趣地绕过军事禁区
假装看挖河泥驳船上
掠过的热气球

他似乎并不关心铁锚飘荡
捞出多少浪漫
才还原出岁月一个情节
多少往事从疤痕中增生
相对于高贵者，扫街人

有一丝不苟的平庸
笤帚移动，抹平了空气
扭弯了空气。他身上
多出的腿脚
像无名昆虫暗含怨意
相对于流水生产线
运转出的温饱之都
相对于污浊大于打扫
相对一条街大于他本身

（原载《诗刊》下半月2017年第1期）

刘川 liu chuan 的诗（辽宁卷）

沈阳闲人

我用力拨开本城
八百二十五万零七千只人头
挤进里面
看他们正围观的
是哪一只蚂蚁

（原载《鸭绿江》2017年第8期）

宁明 ning ming 的诗(辽宁卷)

水

水,只有
在走投无路时
才会,站立起来

那些跳崖的水
并非,一开始就想
不计后果

谁用什么方式
逼迫水,水就会
以同样的方式反抗谁

水,把泥沙
藏进心底,却一直向往着
生命的清澈

水,一生改变不了
走向低卑的命运
但面对冷与热

却敢表现出，最鲜明的态度

（原载《辽河》2017 年第 7 期）

王文军

wang wen jun 的诗（辽宁卷）

坐化

一个人躺在河边的草地
听流水潺潺
身体里的一些事物
渐渐被流水
带向远方

想离开时，发现自己
已是一截河床
河水在体内
缓缓流淌

（原载《诗潮》2017 年第 8 期）

君儿 jun er 的诗（天津卷）

笨女简历

30 岁写诗
36 岁会使用吹风机
46 岁学习做饭
49 岁拥有第一台电扇
往下再活
我会的事越来越多

直到重新成为一个孩子
捡起一枚地上的石子
触向水中那另一个我

（原载微信公众号《磨铁读诗会》2017 年 8 月 2 日）

李伟 li wei 的诗（天津卷）

骑自行车的国王

演员走出剧场后台
在夜色中
骑车回家
没人认得出
他刚刚扮演了国王
骑自行车的国王
跟普通人
没什么两样
但他有点走神
有点入戏
他随口念出了
一大段属于国王的台词
注视他的目光
充满了惊诧
但还不足以
让围观者上前
喊他一声"陛下"
只有两排路灯
突然全部熄灭

随后又全部重新点亮

(原载《天津百年新诗》2017年4月版)

深耕 shen geng 的诗(天津卷)

晒太阳

我要晒太阳
一定要晒
晒头晒胸也要晒脚

让脑壳里的肮脏物
顺着光线蒸发掉
也把胸腔里的霉菌晒死
留出清廓的胸道好行船
再把脚伸进阳光里
张开十个趾头
腿肌就饱吸阳光
这样的腿奔跑才像麋鹿
可以跟上年轻人的脚步

大家都来晒太阳
趁着雾霾刚刚退去

(原载《中国诗歌网》2017年8月2日)

图雅 tu ya 的诗（天津卷）

小别墅

景区门口
人山人海
我不想进去
就让他带我去宾馆的别墅区散步
掩映在山林间
一座座玲珑的小别墅
真是惹人爱
我说有人住吗
他说有
都是干坏事的
带情人的
聚赌的
贩卖毒品的
还有不知道搞什么名堂的
房间里有很多
被碎纸机绞碎的纸

（原载微博《新世纪诗典》2017年4月2日）

王彦明

wang yan ming 的诗（天津卷）

岐山

仿佛暗夜里突然亮起的灯盏，终于有了
一场摩擦，复制过往的清谈。
即将到来的秋天，带来了一场雨水
洗净模糊的印象。
"仿佛一个镇子，有辣椒和韭菜的香"
仿佛乡下的坡地，臆测多么荒谬
而真实。汽车划过
无法深入，奇异的乡愁，膨胀在
隔壁城镇的宴席上。在那些旧书摊
恣肆的文字，总是臃肿多余
犹如暴雨扫荡后的沙丘
骆驼也会迷路。
写作，成为一种傲慢的延续
和她说到天方夜谭的故事——
爱情被烧制成精美的烤肉
一碗面，还存有诱惑。
她习惯于接受，所以渐渐大腹便便
扭曲的腰肢在季风里

受孕。年少的衣衫
都成风中之物。事实上
这里还是梦的痕迹,残存的歌声
缺了铁。
唯有划过。划过每一个复制的地点
打个结,就是告别。
就是汽车驶向了高速公路。

(原载微信公众号《mingpao》2017 年 9 月 27 日)

徐江 xu jiang 的诗(天津卷)

脉动

我坐在关了的电视对面
往里看
像看一部黑幕电影
我看到自己更暗的轮廓
它像一面墨制的镜子
而我在里面演着默片
沉闷的长镜头
血液的脉动
有时会引发身体和视线
不为人觉的抖颤

那时镜面和银幕
也会有一定波动
那会不会是我在看一盆
竖起来的水
或者我当年常去的
某大学的一个湖
它无限缩小成一个方块
然后走进客厅
在我的对面竖起来
当我看它的一瞬
所有的鱼、草和浮游消失
绿被收拢、石化成为夜
所有的水在徐江面前
都贴墙站立起来
我看着它里面的反光说
看！要有光

(原载《葵》2017 年总第 13 期)

安然 an ran 的诗（内蒙古卷）

在额尔古纳河岸

在额尔古纳河岸，我拿走了

石子、刻刀、尺子和一条绳子
我试图靠近一位古稀老人
她安详、宁静，有一股强大的力量
这力量，是直的，来自云霄
大雨落在南山时，我试图
托起云团，它饱满、洁白、柔软
有世间的美学，静——
如果有一天，你看到众鸟高飞
就要想到，眸子里溢出来的静
这些洁白的、平凡的、说不出道不明的
一种被你我忽略的，静——
它，更接近于神圣
和永恒

（原载《草原》2017年第9期）

白涛 bai tao 的诗（内蒙古卷）

在一个村庄不要只停留一天

在一个村庄不要只停留一天
不要只停留一天
不要把无尽的回忆留给自己
而悔恨终身

在一个村庄不要只停留一天
这个村庄一定是在很远的地方
远离人烟寂静无声
你在远方望见的只有炊烟

这个村庄你从前去过
只停留了一天
再想返回已永不可能

一个叫禾木的小村庄
让我懊恼不已
它藏在群山和草原的深处
只有一条小路通向外边
我只在那里停留了一天
我想那应该是
一个人，一路走去的终点

（原载《草原》2017 年第 5 期）

敕勒川

chi le chuan 的诗（内蒙古卷）

时间是我生命中的一个卧底

时间是我生命中的一个卧底，从我出生时
它就潜藏在我的身体里，无声，无形，无情

有时候，它会以白发或者皱纹的形式显现一下
更多的时候，它以心跳的形象隐藏自己

但不能把心跳说成是时间，就像
不能把心脏病，说成是时间病了

对于我，时间不是一个秘密，而是
命运——

我相信，作为一个优秀的卧底，时间
不到万不得已的时候，是不会将我交出去的

我是时间唯一的敌人，也是时间
唯一的知音

我一直想问的是：当我离开的那一天，时间
将如何从我的生命中脱身，又将在哪一个人身上复活

（原载《草原》2017 年第 3 期）

独桥木

du qiao mu 的诗（内蒙古卷）

啊哈，看这记性

啊哈　雪好大纷纷扬扬
带着梨花带着桃花带着杏花
带着一个
似露似雨的春天
落了下来
那朵欲开还羞的杜鹃呢
那朵把一棵棵白桦树忘在山上
就走了的杜鹃呢
影子
留在了白桦树上
影子也白　我想
白桦树是雪做的
它的白

属于天空
浸在阳光中
一首诗
半融半冻
白桦树也
半融半冻
以后呢　啊哈　杜鹃说
看这记性

（原载《品读》2017年第2期）

梁树春

liang shu chun的诗（内蒙古卷）

输棋

观棋者：
你这样走，不一下就被将死了
下棋者：
该回家了，媳妇在那儿等我呢

我转头四面观察
公园路上，疾走的散步的人来人往

公园林中,打牌的围观的聚精会神
看不出人在等人

他走出五十多米
才见一个绿衣人
和他一起往外走

他的眼力真好

(原载《诗歌周刊》2017 年 7 月 15 日第 268 期)

满全 man quan 的诗(内蒙古卷)

一个人的古城

一杯清茶一瓶烈酒
还有我那亲爱的战马
弓箭、短刀
还有我那千年苍苍的古城
英雄不归,皇城一片恬静
我仍然徘徊在古城的角落

烈酒对天
大地无言

心中的悲欢难以割舍
路漫漫

仰望天空
我又见昨日的诺言和一片鸟群

凄凉的故事如同死去的年代
秋风吹过
黑暗的岸边长满野花

向北方
大漠无言
晚霞依旧

我站在午夜的翅膀上
对高原、河川和美丽的姑娘唱给心中的歌

一首悲痛的老歌
埋葬了千古传奇
我的战马仍在暴风中嘶鸣

祖先的足迹烟消云散
只是古老的城墙讲述着千年苍苍

昨日的城堡一片狼藉
勇士们的鲜血染红了四季、大地和母亲的泪水

八百年如一日
天地悠悠

在北风中
一个人的古城依旧宁静

(原载《草原》2017年第4期)

忍淹留

ren yan liu 的诗（内蒙古卷）

不要冬天的人

整个冬季都不会出门
房间里是连续不断的海蓝与天蓝色壁纸
还有诸多不周到的地方
比如拒绝他人登门拜访

披着浴衣在炉边沉睡
蜷腿缩进棉被
像猫一样安适

戒指被滑落
叮当磕裂地面
许是颜色太浅的缘故

那个不要冬天的人
正用舌尖舔化窗上的冰花

（原载《诗歌周刊》2017年4月12日第256期）

夏寒xia han的诗(内蒙古卷)

大城子的油菜花

夜晚,江南的春
潜伏在根下

聆听田野
根,在黑土地下
追问,挺立梢头的存在

金黄,与金黄交织
沿着季节的轨迹
把光影投放
在千万个笑靥里

我的语言
来自黑黑的土地
我行走在语言的缝隙里

黄花
向黑土诉说衷肠
江南

是生我养我的地方
而塞北，开满了
我金色的向往

(原载《赤峰日报》2017年8月10日)

远心 yuan xin 的诗（内蒙古卷）

抱着第三只眼睡去

你掰开额头一角的秘密
如今，我看不见你，在风雪里
驾驶越野车到半白半黑的草地
最后一匹马，带着霜

是不是在等你，灵魂的歌者
而你不唱歌，也不说话
用线条编织马鬃
长长地，回眸甩下

我也在等待，岁月深处的姐妹
扩大或者缩小之后，尺寸相合
不同的前身后背，拥抱唯一
指纹交错纤细

停顿在你永远不会转角之所
我把自己变成平面,折叠
牵一匹马,挤进两堵墙的交界
抱着第三只眼睡去

(原载《作品》2017 年第 4 期)

张无为

zhang wu wei 的诗(内蒙古卷)

意外? 也不是

空镜头,全景模糊
白斑一点点,逐渐
背景音乐平和
如旭日浮出海。白
正在突出,像美眉的
头纱。音乐神圣
洁白站立,耸起
到人的高度,神的
高度,婚纱展开
慢慢地,逐渐清晰
在高倍放大镜下
一只蚊子也这样

诞
生
了

　　　　　　　　　（原载《诗刊》2017 年 7 月号）

笨水ben shui 的诗（新疆卷）

喂虎

老虎回到山中，一座山才会活过来
老虎回到岩石里，岩石才会长出青苔
流水才会恢复古老的流速
老虎走在林间小径上
露水，才会重新打湿我的双脚
每天的晨曦才会让我感到羞耻
老虎遁入露水，露水也是猛虎
百川到海，才叫放虎归山
老虎披着火焰，我才能抵御风寒
站在群山之巅
我看到的落日，才是真正的落日
老虎窜入墙壁，墙壁虎纹一样裂开
为一群老虎所困，我才是你
老虎，跳进我的身体

这肉身的笼子,老虎,你可以吃掉
也可以赦免,如立春后菜地里的萝卜

(原载《中国诗歌》2017 年第 6 期)

吉尔 ji er 的诗(新疆卷)

小河墓地

> 这片平静的房顶上有白鸽荡漾,
> 它透过松林和坟丛,悸动而闪亮。
> ——《海滨墓园》

在这里,没有什么
比没有破译的文字更疼
没有一种沉默,能胜过无字墓碑

在这里
死寂是最大的哀歌,而亡者拥有神明的眼睛

沙漠里波涛滚滚,为贫穷忘记忧伤
为富贵带来哮喘……多么完美的一天
落日熔金般洒满废墟,百花在海市蜃楼前盛放
多么宁静的黄昏

仿佛人间第一个黄昏,在那里宁静不动

在这里,墓地是荒漠中的花簇
古人的骷髅闪闪发光。他们宽容了时间
把内心的苦痛和悲悯化为慈悲,如同祖母的爱
垂下眼帘,鸟鸣雀跃——
说到亡灵,是一件多么敬畏的事情

(原载《诗建设》2017 年第 1 期)

刘涛 liu tao 的诗(新疆卷)

山中

风渐渐凉下来,天上的鹰
落下来,变成石头
在石头之上,鸟不断变换翅膀
不断抖动心脏的加速器

一不小心让大风撩开襟袍
露出紫花内衣
鲜花撒满内衣的各个角落
要是恰逢雨季,细碎的蘑菇会绊住行人
并且在闪电中发出尖厉的喊声

紫花与蘑菇　内心细小的女人
满地的蝴蝶　飞去　飞来
在风中晾干翅膀

如果有一只花瓶打碎在山中
山上的石头，会大片起飞

（原载《诗刊》下半月 2017 年第 6 期）

南子 nan zi 的诗（新疆卷）

我喜爱

我喜爱星期一多过星期日
爱这一天　生活的叶缘被拉紧——
拉紧无数的复制品
和首尾相接的迂回术

我喜爱阴天多于晴天
爱纸包不住火的阴天宽大，风轻
让孤独无处藏身
——那迷人的深渊

我喜爱洗楼的工人多于行人
爱他们的手脚仿佛鸟类
在笨拙的人间练习倒立　练习死
给大地平坦的胸部增添更多虚无

我喜爱自己甚于他人
我的影子狭隘，偏执
夹杂着尘土和可疑的炎症
我爱它深深地沉入自我的杯子里　不知所终

我喜爱集市多于话剧院
爱这里的陌生人，乞丐，流浪者和小偷
在这里，穷人恨着穷人，坏人相互宽恕
当我从人世的缝隙间侧身
命运的难处我早已洞悉

我喜爱质疑瀑布的高度　就像喜爱
针尖对着麦芒
喜爱暴雨无法涉及的鼓点
正在击碎虚构的青山和绿水

每天　我一小块一小块地去爱
曾经爱过的　明天还要继续爱一遍
我的喜爱　从拒绝开始
——爱乌鸦的哀鸣　齐腰深的睡眠
以及一座
被反复涂改的人性的迷宫

（原载《青年文学》2017年第6期）

沈苇 shen wei 的诗（新疆卷）

金山书院

"有时晚上不见一人，书院显得
尤其空荡，恨不得将它关了。
哦，荒凉的县城，荒凉的文学……"

于是，四个男人
一个布尔津人，一个吉木乃人
一个禾木人，一个乌鲁木齐人
坐下来喝酒，读诗
从《一张名叫乌鲁木齐的床》
读到《喀纳斯颂》

"有一天，骑赛车来了两位女士，
我在冲乎儿教书时的学生，
小时候调皮得很，一位曾被我罚站，
一位曾被我赶回家，她们不记仇
结伴来买《喀纳斯自然笔记》。
但热气腾腾的八十年代到哪里去了？"

"哈，今夜的难题还有一个：

教士啤酒下肚,啤酒瓶如何送回德国?
颂扬苦闷,还是试着赞美
这遭损毁的世界,才是一个问题!"

"凡造梦者,须去废墟上拣拾砖瓦。
凡将无形之梦,变成有形之梦的,
可称之为荒凉的事业。"

此刻窗外,额尔齐斯河静静流淌
所以今夜不太荒凉
如果我们还是感到了荒凉
就去邀请院子里的三棵树为听众
一棵槭树,一棵野山楂,一棵欧洲荚蒾

(原载《作家》2017年第1期)

宋雨song yu的诗(新疆卷)

耳朵真的有两只

也而肯说
阿西走的时候
和她的姐姐妹妹
把他的被褥

锅碗
都拿走了
她们还开了一辆车
来拿东西
阿西说她什么都没拿
她打开了手机相册
你看这个桌布
我花250元买的
这个金丝绒窗帘你以前也没见过吧
还有这个地毯
喝茶的碗
装肉的盘子
你都没见过吧
我说就是
就是真拿了你也别承认

（原载《汉诗》2017年第1期）

安奇 an qi 的诗（宁夏卷）

扁舟

借我十万洞庭色　我将从古典中驾一叶扁舟
飘然而出　荡漾的时光　泛起波涛

我将集齐星光　袭一领自在　从容步月

乱流星明灭　依微天树外　扁舟子的歌谣
在前往离别的旅程里渲染着忧伤
我将解开衣襟　试图当风　看千江山月

（原载《北京晨报》2017 年 4 月 21 日）

导夫 dao fu 的诗（宁夏卷）

古道

像是回忆　像是怀想　草尖没有摇
阳光不再跳动　只是风　不敢大胆地吹
转过弯去　那黄色的尘土
和一个接一个的脚窝
鼓吹着你黄色的基调
这里并不是延续的过去
并不安于一个固定的角度
你和黄昏一样静美
我的视觉和高原一样宽广
远处的村落升起炊烟
断……断……续……续
像不可分离的省略号　但被省略的

不是牧归的孩子和农夫背负的犁尖

(原载《朔方》2017年第7期)

马占祥

ma zhan xiang 的诗（宁夏卷）

双人城

双人城里的修辞学没有寓意
无足轻重的部分被落日余光慢慢覆盖
这小城只有两个人：我和她，我的和她的
我要写的无非是：农民路上汹涌的灯火阑珊
每株槐树都心怀爱意，有轻微的喜悦
她的渊源简洁而直白，像一条没有弯道的前途
我看到她时，刚好保持了两株槐树的距离
这并行的路途如此遥远
她给小城下的战书还在，我手里免战牌还没挂起

(原载《诗刊》上半月2017年第7期)

梦也 meng ye 的诗（宁夏卷）

宁夏： 我的心

我的心只感觉到我的肉体
在距离心最近的地方
有一小块湿地

时常落着小雨
那儿永远是三月
青青的草地上
曾降临过天使

（原载《山东诗人》2017 年第 2 期）

王怀凌

wang huai ling 的诗（宁夏卷）

鸟鸣淋湿的清晨

黎明时分，被早起的鸟儿唤醒
仔细辨听，至少有六种鸟在和鸣
每一个音符都饱含露珠，晶莹圆润

除了麻雀在使用方言
其他的我都听不出口音，也叫不上名字
但不影响大把的鸟鸣淋湿整个清晨

被鸟鸣唤醒的人——
母亲心中有爱，奶罢孩子，生火做饭
父亲心中有佛，喂完六畜，拂尘扫院

我心无远虑，站在窗后静等天明
听鸟鸣时断时续，微风拨动树枝的琴弦
想与鸟儿有关的事情，与人间烟火有关的事情
与流水和叶子有关的事情
不知不觉，隔夜的雾气
在眼前慢慢散开

（原载《草堂》2017 年第 8 期）

杨森君

yang sen jun 的诗（宁夏卷）

甘盐池

方圆不过五里地
草木很容易被放掉血水的一个地方
指的就是它

是否有先人的骨殖深埋其中
与盐粒结疤，变成另一种物质
是否有这么一把宝剑
它锋利的剑刃上，尚未沾过一滴血
同样深埋其中

我们不是亲历者
我们没有看见最后一盏铜灯举在谁的手上
也没有看见运盐的车队
如何碾过城外遍地的青草

也许，在月光下的废墟上
我想象的是一匹鬃毛下垂的骏马，你可能
想象的是一个古代的巡夜人

除了拥有了对它虚构的权利
作为强大证据的废墟,依然
控制着这里的寂静

消失的甘盐池允许
一个人无缘无故地掉下眼泪

(原载《诗刊》上半月2017年第8期)

杨梓yang zi的诗(宁夏卷)

天现鹿羊

雨过天晴的巨崖上
突然现出鹿羊的影子
我们知道是明万历年间
都司甘胤所见,并命笔而刻勒
至今依然

同样是五月,同样是雨过天晴
可我只见四个遒劲的大字
没有看见鹿羊的影子
实际上　我即使想看也不要看见

即使看见也不能说出

(原载《诗歌月刊》2017年第7期)

班果ban guo的诗（青海卷）

羌域

盐和青稞的羌域
鹰和石头的羌域藏红花开
布匹一般铺展的羌域
铜器一般闪亮的羌域
炊烟袭向蓝天雪山站在日中
大群猎手在岩石上舞蹈
大批神灵在墙壁上显形
燧石召唤火焰
玛瑙在地底击鼓
松木是手臂长满山坡迎向天空
生命和自由的羌域
酒和歌谣的羌域

茶和众水的羌域群星流泪
瓷碗光洁，占领宴席
老人的眼里闪耀海洋的光芒

水獭在新娘的衣袍下摆跃动
狐尾自新郎头顶逃入手中
村庄的羌域季节的羌域
那里的人们酷爱歌唱
生命的河流干涸于天葬台
又自婴儿的脐眼涌出
煨桑的柏烟生生不灭
远方的海子睁开慧眼
婚姻与生产亲吻与送葬
爱情的羌域哟

所有的血液所有的毛发
牙齿与骨骼诗篇与歌
全部奉献
如把生命奉还爱母
至亲的羌域哟

(原载微信公众号《诗人文摘》2017年6月18日)

曹谁 cao shei 的诗(青海卷)

可可西里的苍穹

紫色的小花铺成床垫

花朵都在向我微笑

蓝色的天空做成床帐

星星都在向我眨眼

骏马的嘶鸣声在风中传播

牦牛的倒嚼声就在不远处

一群牧民围着帐篷唱远古的歌声

我们仰卧在大地上望苍穹

看月升日落

听长江轰鸣

人间俗事我们都不管

今夜我只想躺在可可西里望苍穹

（选自《诗选刊》上半月 2017 年第 2 期）

曹有云cao you yun的诗（青海卷）

昆仑

面对你万千大象

词语黄口

无从下手

只能勉力而为

匆促逮住你脚下一块奔跑不息的砾石

或者一棵在大风中摇曳不止的青草

只有那苍鹰在你之上自由盘旋
但依旧无法超脱你
磅礴的形体和丰盛的物产
夕阳西落万仞雪山
它们拍打着强悍的巨翅
度越翻卷的十万雪花和那
飞流直下之十万光瀑
欣然归往摩崖之暖巢
喂养嗷嗷待哺的十万幼子

几乎无法面对你
那绵延无尽,幻变无穷的苍莽龙体
你从四面八方,云里雾里
笼罩我,追逐我,围困我,纠缠我,嘲弄我
牢牢抓住我气如游丝的微弱存在

我呐喊,声嘶力竭,但你置若罔闻
我狂狷,仰天风歌,但你静默如石
我号啕,泪雨如注,但你静穆如神

在你庞硕无际的赫然存在面前
我总是词不达意,混沌不清
犹如在庄严肃穆的伟大父亲面前
那个结结巴巴,破绽百出的天真孩子

但我在风雨中,在浩瀚的梦中
毅然面对了你创世般不可思议,不可言说
无可置疑的绝对存在

(原载《柴达木文化网》2017 年 8 月)

耿占坤

geng zhan kun 的诗（青海卷）

大地之眼

那么多留在沙石中的泪水
忧伤、快乐或者美丽
北风和南风不能夺去动人的饱满
它们不思考，不解释
它们只是蒸发然后重新汇聚
在岁月隆起与塌陷的战场上
凝结成我湛蓝色的眼睛
这片高原上亘古不闭的眼睛
曾经看到天地分离

生命在地上，所以我不能昂起头
我从混沌睁开的眼睛
看到大地坚硬的细胞如何裂变
收集白昼的雨水、夜晚的霜露
以及夏天消融的冰雪
让草原和裸体的鲤鱼在其中生长
让死亡每天在其中复活轮回
我看到女神、雪豹、流血的骏马

踏着冰冷的箭簇和砾石
向远方，迎来羚羊皮包裹的婴儿

神灵在天上，我不敢低垂眼睑
我借助高原的肩膀仰视
看见天河从黑暗世界奔腾而来
未知元素的尘埃卷起圆锥体旋涡
飞溅的浪花陨落时
在我黑眼球深处划出炽热的伤口
然后我看见，峰峦的裙裳染出血色
白云与海鸥化作朝霞
候鸟们用柔软的羽毛托起太阳
为将要启程的儿女举行七月的成年礼

无限事物曾经从我的瞳孔穿越而过
傲慢与谦卑，喧闹或者询问
他们不能带走我目光坦荡的秘密
珊瑚和歌谣的馈赠
香柏的轻烟以及祈祷的青稞的供奉
洒在绿度母沉默的田畴里

（原载微信公众号《1075 青海经济广播》2017 年 5 月 26 日）

郭建强

guo jian qiang 的诗（青海卷）

在叫你

在叫你　在叫你
在叫你穿过兴隆巷法院街莫家街市场和行政楼和艺术馆
和一个在记忆里开合着不同隐喻的窗口

在叫你　在叫你进入另外一座城市
和另外一些人擦肩而过　那些神态和眼神仿佛一些似曾相识的
梦
在叫你　在叫你进入更多的城市
和另外更多的一些人　唱歌　喝酒　沉默
然后走得更远　走在郊野
走在草原　走在毗邻的戈壁
和沙漠 和沙漠之侧的雪峰冰川和远处的森林
在叫你　在叫你睡在一朵花里 和一声越来越高的鸟鸣中
和白云之上和白云之上的天空　和更高远的天空
在叫你　在叫你从天空下降之后的大海上醒来
在太平洋上的鱼鳞里醒来
在叫你　在叫你踏上西海岸无垠的土地然后走得更远
走在郊野 走在草原　走在毗邻的戈壁沙漠

和沙漠之侧的雪峰冰川和远处的森林
和鞋尖前的影子和失眠的泼血的晚霞
和叹息一样的晨露

在叫你　在叫你
走在一层一层丝绸般的风里麻袋般的风里钢铁般的风里
和狐兔的脚迹和候鸟的翅翼划出的圆弧里
和方块字的峻切里和字母的迷宫里
和你的此世和重重叠叠的记忆里
将醒未醒　即将倾入杯中的醇酒正在成为琥珀

在叫你　在叫你
水汽缭绕　万物花开
人生天地间　你是远行客也是招魂人

（原载《文学港》2017年第6期）

马海轶 ma hai yi 的诗（青海卷）

鱼

鱼累了，也倦了
鱼不想使劲跳舞了
鱼像笛卡尔，怀疑童话

鱼想有件披风
遮住赤裸的身子
鱼替大理石的大卫难堪

现在鱼休长假
每天要读七首诗
之后相濡以沫九棵水草

午睡之后,鱼思念
族人。鲨鱼远征大洋
鳄鱼多次完胜人类

丽鱼虎皮交椅上打盹
飞鱼逗着小朋友玩
沙丁鱼啊,沙丁鱼最惨

于是,鱼想写本书
在沙上留下传记和历史
然后请求月光印刷

(原载《青海日报》2017年3月10日)

梅卓 mei zhuo 的诗（青海卷）

楚玛尔河 当我横穿你的冰凉

楚玛尔河　当我横穿你的冰凉
尚不知来自天上的大水
在晶体中缓缓凝聚
看似沉默
却已经孕育着冲裂而出的呼啸

你是所有寒冷的总和
历经坚硬的冰川法则
却也无法抵挡融水的催促
从高处向下层层推衍
在低潮部分酝酿重生

仿佛能看到海洋的模样
仿佛执着溯源的激情
深藏于白银般耀眼的反光
让我们在太阳下紧闭双眼
仿佛一切瞬间成空

你当然也是所有岁月的总和

写在化石上的誓言
年年的寒冬都会如约而至
正如施舍给我的善意
却使自己遍体鳞伤

绵长的河岸与大地合二为一
除了冰雪空无一物
但只要打开暗流的朝向
就能听见数百种动物和飞禽
轰然而起的狂欢

大雪中你与神山相伴取暖
大雪中我也愿这样与你相伴取暖
每当液体冻结为水晶
必然复归天上
成为你指给我看的冬夜繁星

刻在公园石板上的楚玛尔河
我们的冬靴曾在上面丈量
轻轻一步就跨过前生今世
南方北方的界河
轻易移植到了青唐

我们真的从未谋面
从未经过同一个时空
从未在上升或下坠时擦肩而过
同一段旋律同一片风同一缕香气
也从未占据过片刻的晨光？

质疑是为了不断地肯定
正如纵横交错的血脉
最终连接成楚玛尔的扇形上游
红色的骨头浸透冰凉

但踩上去却很结实

而我仍然在意远方那条孤寂的河流
就像所有悲伤的总和
如何葆有温暖的内核
在尚未流露真情的杂日嘎那山下
在依然冰封的腊月怀里

（原载微信公众号《大诗刊》2017年9月2日）

深雪 shen xue 的诗（青海卷）

杯子和我

黄紫色的帘子
窗外是个阴天
窗台上的君子兰静静生长
圆桌上放着昨晚吃夜宵用的一个碟子
和一个杯子。
现在，碟子是空的，杯子也是空的
我看到，它们被大片虚空吞噬
却一点儿都没有察觉
我仿佛听到，尘埃掉进里面的声音
转瞬即逝，又隐于虚空

我就这样一整天待在床上
像一株没有情绪的植物
我开始担心
我会变成杯子里的一部分

(原载《诗歌月刊》2017年第9期)

肖黛 xiao dai 的诗（青海卷）

写意黄河

吟一行双调南歌子——
回廊水润夜，灵空竹动峰。
这时候，吠声中的烛火熄灭
几个类同身形的影子
代表我爱着的人：
我躲藏的地方是你们的怀抱。它叫作遗址
曾被璨璨的阳光开垦
而现在只被衰老的雨季
无力地抚摸着
那么我就相像于无数了——我成群结队
所以我也淅淅沥沥。
但我还是为满庭残叶的身份感到惭愧
独立设计这绛紫色

演化为的黑黝黝的夜晚
前提是回到在醉倒的初冬
访问富有的寂寞
也访问记述的贫穷。
我便是你们高低参差中的迹象
你们的怀抱更应该是我不尽的遐思区
慷慨的美。这就是长久的宁静
划过我伏在热土上的寒冷了么？
新绿挡在我登陆的地方
躲藏在你们的怀抱，没有百年风情
写意画的全貌通过一孔之见
也坦坦荡荡地飘扬。漂过来了
遍地不谙世事的公主
还有顾及着山鸽是否起飞的青年农民
让失去向导的路途缩头缩脑。
像这样的孤独的陈旧
使我有了躺卧乡愁似的习惯。
转向烧酒杯里的肥满
满眼间，有南国水汽浸来
顿觉我占领的是对大世界的阅读。
老柴草同样喷香，无所谓黄河在哪里

（原载《天津诗人》2017年秋季卷）

杨廷成

yang ting cheng 的诗（青海卷）

皮影戏

铜锣敲响处
人生的悲喜剧跌宕起伏

雪花扑打灯幕
世间冷暖自知
壮怀激烈时群山震颤
愁肠百转时河流呜咽

悲伤的泪花闪烁
狂喜的泪花长流
这一幕幕上演的传奇
为什么总是与泪水有关

台下的人一声斥责
让流传史册的帝王将相一文不值
台上的人两句调侃
使风流千古的才子佳人丢尽颜面

哭泣的人依旧哭泣
窃喜的人还在窃喜
这些个僵硬的驴皮
在影布上是如此地生动鲜活

一盏孤灯在风中摇晃
前世今生轮换着粉墨登场

(原载《青海湖》2017年第3期)

包苞 bao bao 的诗(甘肃卷)

小雏菊

早晨的阳光穿过树叶,打在一丛盛开的小雏菊上
紫色的小雏菊,不摇也不晃

秋风吹动了枯叶,能怎样?
阳光照亮了昆虫美丽的花纹,又能怎样?
小雏菊,只是安静地盛开着
此刻,只有紫色的花瓣,是她的
只有停泊在内心深处的安静,是她的

在她的身边,我静静坐下来

阳光再一次穿过树叶,打在她的身上
阳光没有说"你好"
但我感到她宁静的内心,微微,动了一下

(原载《诗刊》上半月2017年第4期)

刚杰·索木东

gang jie · suo mu dong 的诗(甘肃卷)

一柄生锈的腰刀

佩刀而行,是数千年
生存的必然,收起
一生的锋锐,却只需
放下,此刻的执念
——你深藏橱中
锈迹斑斑

其实,早已洞悉
你所说的"授人以柄"
究竟是什么意思
可是,在雪域青藏
父辈们打小就给我们说

刀刃,要始终
朝向自己

(原载《金城》2017 年第 1 期)

高亚斌 gao ya bin 的诗(甘肃卷)

高处

高些
会遇到苍蝇、蝗虫
再高些
还是遇到蚊虫、飞蠓

更高些
还有燕雀之辈、还有聒噪
也许更高处会是清澈和宁静

但,人生天地间
身不过七尺
不能起飞,他驼了背
弯下了精神

(原载《天津诗人》2017 年春之卷)

离离 li li 的诗(甘肃卷)

母亲

那晚我们睡在一张床上
就我们俩
黑暗中什么也看不见
和我当初在她的子宫里
没什么两样
那晚我们盖着同一条被子
我们紧紧挨着的身体之间
还有未脱尽的衣服
我似乎就感觉到她的体温了
就像我当初在她的身体里
却隔了一层
我喊也喊不出来的
疼痛,这些年都被她一个人
受尽了

(原载《人民文学》2017年第4期)

李继宗 li ji zong 的诗（甘肃卷）

净土寺

在漫长的钟声里，你默诵心中的主
一段重复世俗
但还是让人敬畏、向往的经句

有阳光的轰鸣声起自碧绿的柏树
有香火和更为严肃的心远
地偏，永不止息

俗客以藻井和壁画长廊为背景拍照
云朵缓慢，鸟声卓越
岁月把一方蓝天和无限彩霞
永留在这里

不说什么，你紧依着我
绕过红墙绿瓦
从后院逼窄的一道侧门退出

（原载《星星》2017 年第 4 期）

人邻 ren lin 的诗（甘肃卷）

镜子

那些映过湖面
经过玻璃
照过镜子的人，
心里想了些什么？

——寒风里，他们披紧了衣襟。

而只有神的面前，
人是不敢停留的。
神知道，人的满身尘土：
"就从镜子一边过去吧！"
神的面前，
无从遮掩。

可也许，神的镜子，
就连神自己也不敢照。

——寒风里，神也不由地
披了一下自己的衣襟。

（原载《汉诗》2017年2期）

武强华

wu qiang hua 的诗（甘肃卷）

不安之诗

晚上散步，隐约看见
对面走过来一个人。我猜想
他背着吉他或大提琴
一定是个艺术家

路口的灯光下，终于看清楚
这个穿着破旧工装的男子
背着一捆废旧的纸板
匆匆过马路去了

整晚我都有点莫名的不安。好像
那个人窘迫的生活与我有关
好像，我对这个世界无知的幻想
无意间伤害了那个人

（原载《诗刊》下半月2017年第2期）

西木 xi mu 的诗（甘肃卷）

苏醒的欲望多么痛苦

我还是想：借威士忌的酒香，让泥瓦匠的
芬尼根①苏醒过来。或者让流年度，怕
春色三分，一份尘土的杜丽娘复活②，私奔

这世间便真的异香袭人，幽蓝如故地
给我身体的感官肉欲和心灵的温存，间或
是意念上的媾和，蜜意的梦境还是回到现实

可事实上，谁能在梦里拯救魔鬼，让他的
颤音在这个雾霾渐重的时代，变成塔提尼③
的小提琴协奏曲，淙淙流响在城市的上空

苏醒更是一种痛苦。像忧愁的夫人④
款款游荡在我的暗夜中，时而拨我烛光
时而掩我诗卷。她是我流泪的母亲
领着一群饥饿孩子们的灵魂——

【注释】
① 爱尔兰诗人作家詹姆斯·乔伊斯的《芬尼根的苏醒》出自

一首爱尔兰的歌谣,讲述一个嗜酒如命的泥瓦匠蒂姆·芬尼根不幸从梯子上摔下来致死,大家为他举行传统葬礼前的狂欢守灵仪式,席间美酒飘逸,一些威士忌飞溅在死者的身上,芬尼根闻到酒香,彻底的苏醒过来。

② 汤显祖《牡丹亭》第三十五回"回生"描写杜丽娘还魂。情人柳梦梅启坟开棺,要和杜丽娘重做夫妻,打开棺材,看到小姐"异香袭人,幽姿如故",喂下还魂丹后,杜丽娘缓缓苏醒,并不禁感叹:"流年度,怕春色三分,一份尘埃。"

③ 意大利作曲家乔塞比·塔提尼在梦中遇见魔鬼,他帮助魔鬼从瓶子中脱身,使其成为仆从,为自己拉琴,塔提尼苏醒后顺利地完成了小提琴协奏曲《魔鬼的颤音》。

④ 德国小说家赫尔曼·苏德曼的长篇小说《忧愁夫人》塑造了一个充满童话般象征色彩的"忧愁夫人"。主角是一个家道中落的农民之子,他独自和灾祸、穷困及资本主义相抗争,最后得到胜利。叙述他充满忧愁的一生,以他的苦干、脚踏实地的努力赢得佳人的欢心,组成幸福的家庭。

(原载《长河》2017年夏之卷)

扎西才让

za xi cai rang 的诗（甘肃卷）

渡口的妹妹

群山在雨中浑浊一片，山上树木，
早就无法分清哪是松哪是桦哪是柏了。

只铁船在河心摇晃，
那波浪击打着船舷，那狂风抽打着渡人。

隔着深秋的浑浊的洮河，
身单衣薄的妹妹在渡口朝我大声叫喊。

听不清她在喊什么，但那焦虑，
但那亲人才有的焦虑，我完全能感受到。

出门已近三月，现在，我回来了，
母亲派出的使者就在彼岸，雨淋湿了她。

"妹妹呀，你知道吗？我和你，都是

注定要在风雨中度过下半辈子的人。"

(原载《黄河文学》2017年第8期)

丁小龙

ding xiao long 的诗（陕西卷）

镜中之镜
——献给 Arvo Pärt

仿佛一团隐藏光的谜语
对着镜子时，我总能看到自我的乌托邦
肉身是需要去泅渡的暗色海洋
而眼睛是不灭的灯塔
你对着镜子喊出他的名字
于是，海浪与海鸟同时停止歌唱

极简与繁复共相共鸣
请来往者搬走山上的石头与云朵
留下山的本相与本音
山之镜隐藏在每个看山者的体外
每一次的注视都是对死亡的一种朝圣

你在一次远航中学会了磨镜
而万物之光在镜子中变色变形
你隐藏在黑暗深处收集光
而众声是你用色彩缝制的隐身衣

我们之间是一片无尽的海洋
你拿出镜子照着我的时候
我看到了光的降临

(原载《延安文学》2017年第1期)

黑光 hei guang 的诗（陕西卷）

保罗·策兰遗书

生前，荷尔德林传记
是他读的最后一本书
确切说，这本书
他曾经反复读过

只是这一次，已然
是最后一次
已然是漫漫旅途终点前的
最后一次喝水，停歇，瞩望

因此,他读得淡定
读得如十二级风浪突然平息
如船驶进港湾,梦找到眠床
他的安静无以复加……

最后留在书桌上的这本被打开
的书,在其中一段他用笔轻轻
画了一道线:"有时这天才
走向黑暗,沉入他心的苦井中"

而这一句余下的话(他并未画线)
乃是——"但最主要的是,他的
启示之星奇异地闪光。"这一天大约
是 1970 年 4 月 20 日,或前,或后

(原载《延河》2017 年第 1 期)

姜华 jiāng huá 的诗(陕西卷)

一只羊在夜晚通过草原

在这样的夜晚,我看到星星牵着羊群
寻找草场、水源、和天敌

一只饥渴的头羊在前边探路
牧人疲惫的鞭子被风吹上树梢
伸手就能挽住月光
一支训练有素的羊群,这个夜晚
正在狼群的锐叫声中通过戈壁

这样的迁徙显然有些悲壮
静静行走的队伍中,弥漫着死亡气息
而其中的一只,命犯桃花
它多么像我当年
为了一段前世的恋情
于一个春夜出走

其实,上苍早已看清了这一切
一只羊正离开羊群,为苦难殉情
牧羊犬的吆喝声,多么高贵
至今还在记忆里反嚼
草原时断时续的马头琴
不会为一只羊祈祷

一只羊离开了故乡。它要去何方
在一场风暴到来之前
我看到它绝望的眼睛里
蓄满了草原的苍茫,和泪水
一场阴谋在夜幕下铺开
星星站在高处,它没有阻拦

(原载《诗刊》下半月 2017 年第 5 期)

南南千雪

nan nan qian xue 的诗（陕西卷）

九个深潭

九条瀑布就有九个深潭
容纳它们跌落千丈的泪水
我不能给潭中再加入一滴盐和一粒沙了
我是一个途经此地怯生生的旁观者
从一潭到九潭
我跳跃，攀爬，又蹑手蹑脚，小心翼翼
其实此时，我形迹难觅
与明目张胆是一样的
没有人看见我
也没有人在意我
在每一个深潭我照见动荡不止的自己
它们不同，但又全是我
我的大雾，我的胎记，我的乳房
我的玫瑰，我的嘴唇，我的头发
我的弓箭，我的白鹿
九潭如九重天
惊现我倔强的疼痛
是一块巨石湿漉漉的罪证

被这高处的水一再冲刷

(原载《延安文学》2017年第2期)

阎安yan an的诗(陕西卷)

孔子一定见过大海

孔子一定见过大海
所以他才喜欢乘马骑驴
终生沿着大河的边际行走
没有问过鱼　也没有问过龙
就通晓了为什么每一条河流
赴死般不顾一切奔赴大海的秘密

孔子一定见过大海
所以他喜欢登临泰山
喜欢在东岳泰山的绝顶上
向下俯瞰　将万世浮云尽收眼底
将浮云之下　丝绸泥丸般若有若无的山河
像雨滴露水一样收入胸中

孔子一定见过大海
因此他看得见飞鸟　看得见浮云

也看得见在浮云似的飞鸟
和飞鸟似的浮云之后
那像浮云般若隐若现和若有若无的
云层般的大地及其云层般渺茫的万物

嗨！这个名叫孔子的人
他秃顶上的毛发被劲风一直狂吹着
像快要枯死的海藻一样一蹶不振
我猜想他一定见过大海

（原载《诗刊》下半月2017年第1期）

周公度

zhou gong du 的诗（陕西卷）

春夜之菩萨

你是小心翼翼的
枝头幼叶之露水

孤单的
雾中小树
牛角的

猫头鹰

你是通过梦境传递信息的信使

穿过墙角的
一只猫咪
佛寺晨光中的
一册经卷

的某一页
随心的
一个字符

叫你的名字
你没有听见

（原载《雨花》2017年第7期）

左右 zuo you 的诗（陕西卷）

你是我一辈子读不尽的河流

究竟用怎样的方式才能将你抗拒
你那么咸，那么纯净，又那么珍贵

每次降临，你都是一场无药可救的地震
或者洪流，或者万人空巷
或者我的孤助……

有时你一转身
就是我的永别。有时
你一拥抱
便是别人的幸福
我太怕你了
怕你变成人间猛兽
吃了我，吃了所有的一切，也吃了你
自己。我太爱你了
你会在夜深人静的时候
爬出我的栅栏、被窝、阳台
甚至我的眼眶、嘴边、两腮与脖颈
也会侵入我的梦中
——心底最深的角落

当一种液体打碎另一种液体，你所滴落的每一块地图
悄悄将我的身体里炎黄的肤色一寸一寸地侵蚀、占据
直到最后泣不成声
你头也不回
流之不尽的源头
早已化成风沙中的珍珠

（原载《延河》下半月2017年第4期）

白玛央金

bai ma yang jin 的诗(西藏卷)

失明的云

我无疑是那片失明的云
在天堂低垂的袖筒里
摸索一把带笑的匕首

或许可以留下些什么
文字和音符
包括臂弯里暗垂的眼泪
它们安静的画面中
总有一部没有叫醒的贝叶经
在原罪的拐角处
生分地开花

还能再靠近一些吗
我生怕这一转身
就被日子吞没得只剩魂灵
疼痛像斑驳的阳光从高处坠落

(原载中国诗歌网2017年5月2日)

才旦多杰

cai dan duo jie 的诗(西藏卷)

干净

看到那个作家上大学
攻读学士 硕士 博士 博士后
还写一首优美的"诗歌"
这令我喜欢了好多天。

那时 我才十七岁
想象格桑花为我绽放
想象路边的野草花为我送行
我想快点儿长大 编写自己的家谱。

我还会像那个作家那样
写一屋的书籍 卖掉了再写一窝
我也想象能像仓央嘉措大师一样
写一首天堂般的情歌。

那时 我才二十出头 真的这么想
那时 我干净得还不知道什么叫干净。

(原载《格桑花》2017年第3期)

陈跃军

chen yue jun 的诗（西藏卷）

申扎，寻找爷爷的驼队

今年的驼队怎么还没有来
盐湖在等待，草原在等待
野牦牛在问，藏羚羊在问
一双双眼睛在四处张望，熟悉的路上
再没有出现熟悉的身影和悦耳的驼铃声

我背着爷爷教我的盐语，风
狂笑不止，雪花轻抚着我的脸
像是看到一个久未回家的孩子
我告诉着它们家乡发生的变化
它们说，还是想念那浩浩荡荡的驼队

爷爷去世的时候，一直看着
挂在墙上布满灰尘的盐袋，吃力地
用手指了指北方，那是他去过二十多次
魂牵梦绕的盐湖，我趴在草地上
找不到驼队和爷爷的一点气息

（原载《西藏法制报》2017年7月6日）

岛吉嵯木

dao ji cuo mu 的诗（西藏卷）

萨布让雪后

雪下满我的眼睛
山冈与村落，以及人兽
都被压成一片巨大的白

秘密们都开始了寒冷的沉默

（原载《风铃》2017年第2期）

咚妮拉姆

dong ni la mu 的诗（西藏卷）

想你

无法截住狂风呼啸
已随它
卷到西藏以北

你扛着
大漠的冷暖
血性凛冽

氧气携着我
穿梭你的呼吸
直到你熟睡美美

知道我在哪儿么
遮不住的高山隐隐
流不断的雪水悠悠

（原载《空山诗社》2017年1月27）

贺中 he zhong 的诗（西藏卷）

哲蚌寺掠影

一群灰鸽子
落在寺庙金顶

一群孩子
被送到新佛堂

一群狗
靠信徒施舍
栖息庙旁

一群小商贩
继续四周吆喝的生活

（原载《高大陆》2017年春之卷）

木朵朵 mu duo duo 的诗（西藏卷）

雅鲁藏布江的春天

雨水来临之前。春天越往深处走
雅鲁藏布江的水位越低

她裸露着大片母体，像极了
哺乳期的母亲
春风一再掀开她的衣衫
裸露得越多
她所经过的两岸越绿

我在岸边的某一处，忍不住
每天看望她，并打探
雨季的消息

（原载《诗刊》下半月2017年第7期）

秦卫华qin wei hua 的诗（西藏卷）

五月的思念

如梦五月，情思若水
一缕夏日寒风弥漫一袭缠绵
浓浓的念想
沉淀在冽风黄尘
荏苒岁月，未眠意念
一泓灿烂清幽流溢一湾婉约
拳拳的执着
弥坚在萧瑟烟凉
喧嚣尘世，展眼何往
一线热泪浸染一目凝望
丝丝的眷恋
撒落在黄沙阡陌
一路往西的足迹
在转经道上流淌
许一世安宁，只待风雨后
挽清风朗月与你同行

（原载《拉萨晚报》2017年5月31日）

杨庆军

yang qing jun 的诗（西藏卷）

人间四月

一枚白色的海螺卧在湖边
日夜鸣叫
大海沉睡其中
像我的思念
如声声佛号
从天堂的崖壁
我抛下一根绳子
酒蒸发成雾成霾
歌声滑如五彩绸缎
人间四月摔碎一场美梦
而你的心，安歇在每一个村口
每一条河流
每一座爬上树梢的山脉

（原载《高大陆》2017年春之卷）

陈小平

chen xiao ping 的诗（四川卷）

故居

我再一次途经并且流连，像打开一个
伤口。不是所有坎坷走累了
都会升华，成为箴言

由此出发，我曾一次次试图纠正
自己。亲人们已陆续远逝
而预料的未来，还没有出现

众多先烈，以及族谱上记载过的
英灵，他们已石化，成为梁上的雕饰
暗示着生命的单纯和卑微

经过了无数回炎热和凉爽
蛰伏的种子迟早发芽。在进退之间
迟疑，会错过仁慈的宽容

摩挲着故居的夕照，呐喊，没有发声
想起我曾质疑造物的荒谬

无疑这是给我的怜悯

沿着长满荒草的小径走向平原
挣脱旧梦。一只黄鹂的低飞
在屋檐上苏醒、歌唱

(原载《草堂》诗刊 2017 年第 5 期)

干海兵的诗（四川卷）

老父亲站在落日下

多病的老父亲站在医院的草坪上，落日西斜
那褪去的余光一点一点，把他抹成没有温度的
倒影。多少年他都在黄昏中仰望天空

星汉飘移，从另一个黎明到另一个黎明，只有
黑夜掩藏过人间的悲喜。那些劳碌而乏味的所有细节的
白昼，尖锐且伤神。只有等日光落下，全部的
日光落在埋人的草丛，万草葳蕤

被夕阳一分为二的老父亲，金色的一半，有令我眩晕的
微光。他嵌入夜空的头颅，与黑暗辉映

此刻医院响着钟声,如另一个不曾见过的黎明

（原载《诗刊》上半月2017年8期）

龚学敏
gong xue min 的诗（四川卷）

九寨殇

我只是爱着那死去的一点点。
——题记

菩萨们用天鹅排开的盛宴,撒落在
松针刺破大地时,发出的哀鸣中。

松鼠在天上失眠。一棵树的神经,
洗了又洗,直到藏袍嘶哑,
大地的灯芯,
空洞成一张纸写不上去的灰烬。

菩萨说,死去的水,和将要出生的水,
是你们的亲人,
你们的足迹要痛。

遗下名字的神,诺日朗。风把噙在
牦牛嘴里的魄吹散,
青稞们苟且,怀孕的田野被葬礼
撒在行将死去的飞翔中。

长在地上的经幡,
把她们结下的粮食用马驮到了天上。

海子的肺沿着雨滴一点点地回去,
天空把蓝装殓在初秋的铁匣中,
生锈,直到大海干涸。
菩萨说,你要在那一天,
用蓝铺天的遗体,哭出声来。

失去名分的水,被霜剪成碎片,
遗弃在羊皮辞典的围栏外面。
红叶不敢末途,
让芦苇们挤在一起的绝版,哭成,
一句话。一掉,便再也捡不起来。

黑颈鹤用割断的喙,
抹去人、酥油、房屋、月光和森林,
水露出大地黑色的底牌。

鱼死去的口型,保持恐惧。
鱼用寺庙中的海螺,替代自己念经。

火花海。菩萨说,把她的油灯吹了,
睡觉。记着,要把火花,种在人心
还可以发芽的大地上。

(原载《阿坝日报》2017年8月18日)

金指尖 jin zhi jian 的诗（四川卷）

琴弦上的手

挥手之间，心就远了
天上的云，总喜欢在琴键上安家
弦动。身体里的小虫和鸣
仿佛从飞机上下来，脚着地，头还在云端
这个炎热的夜晚，风凝固
像一捆捆整齐的钞票，存进了银行大楼

忘记昨天的人永远被人忘记
今天的琴师，再次端坐于一片虚空
让自己成为一种追忆
三十米，那个用生命丈量高空的蜘蛛侠
那个被她叫作老公的男人，而今
只是一个琴键上颤栗的音符

像柔软的枝条，当她的手
无力地垂下，当最后一枚音符
开出山崩地裂的花朵，我看见她指尖上
那一层泪光，透明如
紫罗兰的光焰，不止一片

生长着石头和杂草

(原载《湖南诗歌》2017年第2期)

李斌 li bin 的诗（四川卷）

手术

生活的风吹疼在左，日子的雨淋痛在右
这人生的苦难日积月累地锻打的剑的锋利
反反复复双刃着被伤害的胸口与施害的后背
当太多的人剑指他人
我把这疼痛的刀锋当作手术刀
为自己做一场又一场手术
先割除我前世的怨，再割除我今生的恨
倘若还有来世，还有下辈子的苦痛
我还将用它割除我虚荣的浮躁和多余的冷静
我不能被夜风暗算就天天告密太阳
我更不能捏起左手的疼痛用右手去戳草叶的伤口
我的脊柱要像树
随阳光的照耀一直向上挺直地生长
我的心灵要像水
随月光的柔在大地的善良里一直向下流
我要在苦难的疼痛里开出花的脸庞

(原载微信公众号《诗歌集结号》2017年2月9日)

李永才 li yong cai 的诗（四川卷）

飞鸟与上帝的谈话

有那么一点旧时光
我们站在少年，和女警察的心上
时光之流云，逃往南山
沸腾的日子，被卷进一片小丛林
是时候上路了。

海棠红春树，我们用杂乱无章的枝头
记录花朵们的悲欢
正午的阳光和笑语，从头顶流过
让人感到，体内的茅草
有些潮湿和鲜艳

记忆中的植物，再度出现在园中
我们拾阶而上
走出阳光布下的棋局
一段山水路程，有些朴素的光芒
是飞鸟与上帝的谈话

谈论春雨，春心。枯藤和人头

可以忽略。
人心流变，春柳开始发芽
生活如雨，又酸又甜的气息
在你的脸上飘起来

(原载《山花》2017年第8期)

灵鹫 ling jiu 的诗（四川卷）

小学教室

我逛过很多教室
只喜欢一间
它弥漫着泥土味儿　鞋臭味儿
油菜花味儿　栀子花味儿
中午　尖椒炒腊肉的味道也会飘进来
我们可以穿各种塑料拖鞋进入
穿哥哥姐姐的大号衣服上课

教室的外墙用石灰粉刷了8个字：团结　勤奋　开拓　创新
除此之外
再无多余的装饰了
连校名也懒得挂上
夏天　暴雨　碎瓦片　泥泞地

刘小凤在窗台上晒她打湿的布鞋

每到中午
代课老师杨小英就说
背不到作文不准回家吃饭

王小丽的妈妈赶场回来
从生锈的铁窗户给她递进来一个烧饼

(原载微信公众号《诗日历》2017年6月28日第1348期)

彭志强

peng zhi qiang 的诗(四川卷)

马蹄远
——在草堂别馆观徐悲鸿《佳人》

野草烧光野草
茅屋烧光茅屋

火在风的手里
放空内心
所有的马

只剩下与火不容的水
长出的竹子
可以依靠了

这个被丈夫遗弃
又被杜甫诗句美化的女人
把身子袒露给火的废墟

即使蜂蜜抹遍全身
她也拿不出一块像模像样的糖
去填内心的苦海

苦海有多苦
得先问问火
还有多少麻木没有被焚毁

如今连马蹄声也被风送远
所以我的处境跟她差不多
只剩下水长出的竹子可以依靠了

(原载微信公众号《诗人读诗》2017年3月1日)

其然qi ran的诗(四川卷)

岁月

在一场葬礼上,一些僵硬的
往事,开始有了复苏的景象
时光很近,又忽然很远
那些定格的形容词
一下子就被酒精泡软

讣告不一定真实,记忆
在此刻变得格外地干净
节制的语言里,把所有的一切
都说成是在昨天,看不见的过去
也许会像明天早上的这里
被清洁工打扫得干干净净
并且不留一丝痕迹

(原载《都市》2017年诗歌专号)

陶春 tao chun 的诗（四川卷）

写作课

1

从一个
词的黑洞，驶出

惊恐的手
喘息，挣扎着
在一页白纸
瞬间解体
飞鸟叫声的旋涡表面
重新竖起
清晰
创世色彩波浪航向的桅杆

2

正午的斜坡之上

超负荷运载
笨重光线

——太阳的卡车

从天空卸下
一幢幢
飘移轮船般
高耸万物
灵魂实在体积的阴影

(原载《草堂》诗刊2017年第2期)

凸凹 tu ao 的诗（四川卷）

诗论

每行诗都是一条鞭子打人
好的诗只一鞭顶多三鞭就解决问题
问题是读者的七寸大多长在鞭长莫及的地方

(原载《诗潮》2017年第7期)

傅天琳 fu tian lin 的诗（重庆卷）

跟着水走，多么好

水，挽着九个寨子
芦苇一样的细腰，就那样流
流进恋爱中的红叶，马蹄偶然留下的花香
流进时间，多么好

我决定跟着水走
如果水的门自行关闭，我甘愿做一个狭隘的诗人
如果水流不息，我就有希望
我决定把十一月的情感全部交给水
多么好

此时，水的行走是小碎步的
跳跃与飞翔
是没有重量的。踏着白云，绕过灌木丛
吐出的气息是来自天堂的，多像我的小女神，小男神
阳光灿烂，多么好

点额、勾手、抬眉、抖肩、送胯
她们的舞蹈是十六岁的

秀发轻轻一甩,白银与珍珠就满地都是,多么好

突然,水长啸一声
我的众多小女神小男神,聚集,聚集,抱成一团
腾空而起,抖擞白马的鬃!青春无敌
多么好

我要继续跟着水走,我这个被高楼囚禁的人
哪里舍得放弃一点一滴
水从容,我就从容
水湍急,我就心跳过速
水往高处走,我就缺氧
我要跟着水,走进路的尽头,神的开端,走进天的蔚蓝里
多么好

大山里一汪深陷的蓝,海拔 3200 米
至高无上的蓝,圣洁的九寨的蓝,蓝得多么好

在恍如隔世的绝代山顶
云雾飘渺,站在钢蓝色光芒里,雪峰有若一道神谕
雪啊!重庆人无比稀罕的雪啊
多嫩多嫩的雪啊
一群银鹿在阳光下一跳一跳,那是刚出生的水
多么好多么好

我想说,我的爱就藏在雪线之下
那丛旺盛的景象里
可手机没信号,可你找不到我,可你渐渐忘了我是谁
多么好

让一个雾霾缠身的人
起死回生,让水回到清澈,让诗歌回到澄明
文字活色生香,流水般了无痕迹

词语在钢筋水泥的一侧
另辟蹊径。让一个老妪从童话世界归来，只会写儿童诗
多么好

做一滴行走的水，居无定所，多么好
一只鸟闯入镜头，一首诗的结尾翩然而至！多么好

（原载《星星》2017年第1期）

华万里 hua wan li 的诗（重庆卷）

春天的回忆与到来

风雪逼我回到春天

但不是去帝王山
皇后谷

碧鹧鸪、红蔷薇、绿萼梅、白牡丹……
仿佛
在返回爱情的前半生

那时光
多柔软！

就像董桥说:书卷气与女人香
女部字
汤沃雪!爱,并非火中取栗

我止步于一座庭院怎能舍去千滴热泪?

重逢她的清晨
失眠后的惊悸

瓷瓮旁的陶罐
玉臂边的雀鸣

一匹石榴色的马
突如其来的完美

她用"张开的小手,收集天堂"

此刻,我才
深深体验到:当人变作爱情时
我们才能神奇

唉,回首处,依然满天风雪
最末的冷还在辜负我们

空中传来这样的声音——鲁米要求燃烧。
夏姆士说:我就是火焰!

而春天也在用万紫千红呼唤:回来吧
我会告诉你
温暖是什么?

哦,记忆中,琥珀嫩芽绽放!

(原载《青岛文学》2017 年第 8 期)

刘冲 liu chong 的诗(重庆卷)

藕

藏在荷叶下的
是静水
藏在水下的
是游鱼
鱼的下面无处可藏
只能藏进淤泥

撑一把招摇的伞
那是荷叶的事
绽放一张艳丽的脸
那是荷花的事
逆势生长
藕的走向专心致一

潜心修炼
需要自我幽闭

虚怀若谷
是深藏不露的心思
一道道孔
才既接地气又利呼吸

（原载《重庆晚报》2017 年 6 月 9 日）

唐诗 tang shi 的诗（重庆卷）

黑夜与早梅相逢

前村的雪下得很大，我在雪中
摸黑触红了一枝梅花

我既喜悦，又惊讶，寒冷中，仿佛有人
把灯放在梅中，把酒
添进我的骨头

这早开的梅花，肯定与我的血型有关
肯定同我的性格相同
其他的蝴蝶飞开
只留我和梅花，顶着风雪
把重峦叠嶂的花瓣打开

一个个蓓蕾,包着火焰
枝上的星辰,依次点亮,爱落在近处
铜嵌得发红,我真想看清
教梅花早行的人是什么模样

狗吠传来,我身上的墙回应了几声
接着是难以言说的寂静
面对梅花
我不想走,我要把梅花认作妹妹

雪,沙沙地下,我该向谁欢笑
我该向谁
诉说

(原载《红崖》2017 年第 4 期)

吴海歌 wu hai ge 的诗(重庆卷)

大脑内外

现实在大脑外
非现实在大脑内
两个世界被头盖骨隔开。

现实驱动我起床,去迎接早上八点钟的光明
去迎接期待已久的事物。
昨天的步骤,在今天仍要重复一遍
洗漱,早餐,牛奶与鸡蛋
将到胃里,去走一遭。

迎接开门的哐当声
迎接第一声猫叫。
把昨天,在头脑中勾画的事情,拿出来兑现。

礼包送给客人。客气话送给早晨
祝福送给待嫁女。
把未来的日子留给庆典
一切都为准备,而准备。

准备的好日子,将迅速穿过,我们的身体。
像穿过烟花、礼乐之声。我们自己,有一个燃烧的尾巴。

头脑里的世界是个超念。
非现实的天空,仍在现实飞翔。
我们在坐观自己。内心的花朵,超然于现实的花朵。

我们在内心微笑。到现实中,换一副嘴脸。
它面对风霜,只有将自己化为黑铁。

我们将切割着,所有乌有之物
一如切割空气和未知。

(原载《重庆文学》2017年第4期)

吴向阳

wu xiang yang 的诗（重庆卷）

大足忆旧

我们约好去唐朝恋爱
走到大足，就走不动了
我们离唐朝，只隔一个客栈的距离

入夜，雨点落在水面，我听见鱼们呼痛的声音
我对你说，风可以拥抱另一阵风
鱼却无法拥抱另一条鱼。

而你说你听见一只幼蚊用脚轻轻敲击桌面

天明，门把自己关在门外
鸟儿在天上一个踉跄，从高处摔了下来
你问我，那些精致的花瓶
是不是想回到做泥土的时光？
记得那天很冷，但我是在那天爱上了冬天

你说，试试看呢，我们在大足走散
能不能在唐朝遇见

（原载《星星》2017年第6期）

张智 zhang zhi 的诗（重庆卷）

无 题

谁也无法预测
什么时候
阳光不再受潮
大地不再降霜
什么时候
我们的心血
不再白白燃烧
什么时候
世界不再是一座火山
我们不再是火山上的
一堆灰烬
什么时候
风，挥动黑色的闪电
攻打灰色的天空
什么时候
谁也无法预测

（原载《世界诗人》2017年2月总第86期）

卡西 ka xi 的诗（贵州卷）

幻境

想去某个地方，一个人
去那里。思考或悲伤
解脱尘事的清净是治疗剂，向我扑来

最好牵一匹枣红马
它的脾气压过我的性格
一坡坡野雏菊，一层层浪花
它们站在天空下的身影多么完整

你好溪水，青山，牛羊
顺气的空气罩着村庄
坐在田埂上，时光的慢自由奔放

一只微不足道的鸟绕过世界
栖息梦的中心
仿佛我的命运，石头一样向太阳深处沉去

（原载《贵州作家》2017 年 3 月第 189 期）

李寂荡 li ji dang 的诗(贵州卷)

对金川梨花的几种修辞

一个唐朝诗人,借用你
比喻一场边塞的雪景
我却不想反过来
用雪来比喻你
我不会说,远山之巅还未消融的雪
是你开到了天上
也不想说你是沦落人间的云朵
另辟蹊径
说你是沿河奔跑的月光
似乎也无太大新意
就说你花开如潮,奔涌在大山间

三月的大山,枯草未青
素面朝天,容颜枯槁
怀揣着黄金般的心事
我说,你就是沧桑群山的一片柔情

我说你是明眸善睐的女子
让浑浊的河流无颜面对

仓皇奔逃，不舍昼夜
我说你是无涯
的荒凉中，青春的喧哗

你的枝柯拂掠过
清朝的暮霭，民国的炊烟
你倾听过婴儿的叫啼
也目睹过婴儿变成老者逝去时的葬礼
终无一言。年复一年，春华，秋实

（原载《解放军文艺》2017 年第 8 期）

李静 li jing 的诗（贵州卷）

我是我的镜子

我是我的镜子
镜中的容颜打开窗外的阳光
早年的凿痕深刻在眼角

成长的隐痛，心上的朱砂
在冷暖交会的途中，滴落成泪
冷冷俯视温柔的假象

有月亮的夜晚
一条小船停泊在河湾
水波潋滟,就像
莫名的忧伤

镜子里的小船。好像
却多了一些铁锈和浑浊的泪水
她不想老去,不想摆渡
这波澜不惊的一生

箫声隐隐从河面上划过来
我不停地擦拭镜子,似乎另一个我
正像野草拱破春天

(原载《黔山文苑》2017年第7期)

南鸥 nan ou 的诗(贵州卷)

孤独的王

终于在一盏午夜的孤灯下
解剖自己,终于让一生的孤独吞噬内心
锋利的光影打开银色的手术刀
而简洁的刀锋在体内黑白分明

纵横切割。起伏的胸腔
昭然若揭

午夜是驯养野兽的良辰
月色静谧,而银光刺痛兽类的神经
孤独是一位王,没有家乡
没有姓氏。孤独总是怀抱野兽
从遥远的乡村,昼夜迁徙
策马而来

王头顶桂冠,桂冠顶着天空
而胸腔藏着秃鹰,嘴唇诉说苍穹的秘语
群山与湖泊,都是它世袭的臣民
孤独的断崖高悬黄昏,当落日说出
荒野的姓氏,时间成为海拔
而孤独天寒地冻

(原载《朔方》2017 年第 2 期)

陶杰tao jie的诗(贵州卷)

直觉

喝了酒,迷迷糊糊。
飘浮在阳光里的那些脸

拥挤，扁平，没有侧面。
朝着这些脸笑，我像不像
一只朝着袋鼠使劲咧嘴的刺猬
我想刺猬不会咧嘴
除非它疼
刺猬身子浑圆，从来不考虑
正面和反面。不耐烦的时候
失去平衡的时候，它干脆
骨碌碌滚下山坡去
在QQ上我告诉一个女人我希望像刺猬那样
依赖直觉生活
她说她不懂
我"啪啪啪啪"地敲打键盘
我说，这不算。如果我够得着你
这声音应该由拍打你的
热乎乎的声音，来代替

(原载《诗歌周刊》2017年8月26日第274期)

徐必常的诗（贵州卷）

彻头彻尾

心堵，手上这支笔

也堵。若干次清洗
每次都彻头彻尾
我把添堵的东西
一点一点往外掏

每掏一次
心窝就疼一次
直至把心窝掏得
和日子一样残缺

没想过用什么办法补救
有时
朝心窝子上撒一把盐
我咬咬牙,再咬咬牙
先是让心疼
再是让心结痂
而笔却被彻头彻尾掏空
如一副皮囊
彻头彻尾歇气

(原载《黄河》2017年诗歌专号)

姚辉的诗(贵州卷)

代价

与苍鹰打赌的人输光了全部雨意。

你讥笑过谁搁在天空左侧的那条道路?
泥泞来自梦境　来自一种比梦境更深的遐想
而你始终站在路上——泥泞熊熊燃烧
你被逐渐抬升的远方　一次次放弃

苍鹰越过了太多的瞩望。你被惊醒
你扭动鹰影　让季节陷入到更大的空旷中
你说出过鹰影试图击溃的启示

该怎样用一把毛羽制作天穹深藏的黑暗?
你攥热鹰锈蚀的骨殖　在一滴雨中
寻找鹰翅推开的最后隐秘……

你让遥远的火焰回到冬天　回到
鹰与鹰交错的企盼深处　你让火焰流泪
让火焰　成为苍鹰命定的追忆

而所有苦痛都与道路有关
为了旭日参差的暗影 你赌上全部骨肉
你赌上了 旗帜肮脏的第一千种寄寓

与苍鹰打赌的人赢得了彩绘的所有崎岖。

(原载《解放军文艺》2017年第8期)

祝发能 zhu fa neng 的诗(贵州卷)

桃花

落叶 这树的孩子满地乱跑
一朵桃花之火收走了他们
老天才睁开了眼睛
桃花跳进水里 水受了伤
也许 这就叫淬火吧

一个桃子红孩儿般
被月亮砍了一刀
桃子吐出核 谁在喊疼

村前的渡口 这先哲的伤疤
让灵魂不安 却让一棵桃树

有了盼头

(原载《诗歌周刊》2017年10月7日第280期)

爱松 ai song 的诗(云南卷)

旧时庭院

松柏撑起流动
唯一的蓝
漫过童年和少年
让成年的身体
热爱且偏执

青石板
落下雨滴
敲响一双
踏进门槛的鞋
令暮色更深

时光剥落
朱红色墙漆
露出一块块
纯木质的脸

冲我发呆

蔷薇盛大
石桌石凳石条
做了一夜梦
把紫红的清晨
撑开

一蓬竹子中
藏着秘密
每逢秋高气爽
里面会跑出
几只小鸡

(原载《岁月》2017年第10－11期合刊)

陈衍强 chen yan qiang 的诗（云南卷）

与先生一席谈

先生　为什么我不提你的大名
因为在中国　只要说先生
十有八九都是鲁迅
你的全集　我还没有看完

也懒得再翻
因为你的投枪和匕首
其实是一支很柔软的笔
语言的花朵　愤怒的言辞
是于无声处　不是惊雷
如果文学的圣殿在沉沦
带给我们的是伤害和羞辱
我们消耗的青春　善良和泪水
是否值得
如果诗人的尊严　剑胆和琴心
被世俗摧毁　美好荡然无存
我不仅怀疑这世上的所有诗人
还怀疑自己
先生　我在冷的夜晚
曾经焚诗取暖
当火焰解决不了饥饿和贫困
你黑色的胡子　不是明枪和暗箭
你手中的香烟　照出你苍白的脸色
如同燃烧的词语
在黑夜中烙痛的是你自己
我们应该怎样做父亲
先生　我放下你的杂文
至今仍然无法回答你踩我痛脚的提问
我已经忘掉你笔下的
好人和小丑　高尚与卑鄙
其貌不扬的先生　我只记住
你从民国穿到今天的灰布长衫

（原载《边疆文学》2017 年第 8 期）

胡正刚

hu zheng gang 的诗（云南卷）

在黄泥塘，听毕摩诵《指路经》

是抵达的方式不对，还是
荒芜的内心，已经无力应对
山河涌向眼底时的致命一击？
这些年，我已经习惯卸下和抽离
一再逼迫自己，在没有立场的生活中
往后退一点，再退一点。直至
退路被刀刃封死，仍然奢望
握刀的手会突然松开
都是些魂不守舍的生涯啊
每一秒钟都在走神，每一个瞬间
都在返回的路上，离故乡越来越远
可是现在，我真的只想停下来
不顾一切地停下来，用余生的
自由时光，换取一个亡灵的虚无
换取一个走投无路者
毫无来由的轻信和盲从

（原载《滇池》2017年第4期）

雷平阳

lei ping yang 的诗（云南卷）

三川坝观鹭

流水过处，岸边的柳枝
水草和残荷，都成了俗物
唯有静立的白鹭
以出世之美挽回了颓势
它双目寂淡，光芒收归于内心
身体一动不动，翅膀交给了灵魂
流水中有几个女子
弯腰清洗着莲根
也顺势打捞水中锋利的刀子
她们偶尔抬起头来，看见白鹭
一阵慌乱，又迅速弯下腰去
仿佛看见了肉身成道的
某个邻居。我在流水之上的木桥
闲坐，无端地浪费着时光
不在乎流水的道场经声四起
只等暮晚来临
看一看夕阳在山顶上
等待白鹭，夕阳会等多久

白鹭会不会动用自己的翅膀

(原载《十月》2017年第4期)

唐果tang guo的诗(云南卷)

夏至日的抒情诗

亲爱的,这几天
我就不亲吻你了吧
昆明干燥
我的嘴唇裂开了

翘起的皮肤
像尚未从鱼身上
刮下的鱼鳞

亲爱的,亲吻这样的嘴唇
会不会像
亲吻一把把刀子

如果你不怕割伤
就放马过来吧

(原载《昆明文艺》2017年第2期)

温酒的丫头

wen jiu de ya tou 的诗（云南卷）

翻越觉巴山

坐着就是奔跑
坐着就是沦陷
风吹空 经幡上的字
冰水久久掉不下来

山腰朝上 太阳
把雪照得一片一片发亮
山腰朝下 空心的谷粒
长不出根的灰尘

旋转 减慢速度
车轮后的黄土埋了自己
旋转 增快速度
想得越久的脸 越陌生

朝圣
和贩卖蔬菜的
都在觉巴山上缓缓移动

高空上 鹰是独行者

(原载《滇池》2017年第4期)

尹马 yin ma 的诗（云南卷）

乙未词

我写的乡下，是一条长满荒草的小路
我写的是悄悄熄灭的马匹，躲在人群中的妻子
我走过的是积水的街面，是横躺着的
黎明和黄昏；我撞见的是陌生的电话号码
是土黄色的写真纸上填满的黑色讣告
我寻找的是一个白了头发的少年，一只
藏着远方的书包；我错过的是回来的火车
打烊的土地，是在群山之间蹲下身子的河流
我诅咒的是一场大雨，一群躺在天空的闪电
一排始终装可怜的病句；我爱着的是我的母亲
她佝偻的身躯，堆满一生的疾病

(选自《人民文学》2017年第4期)

于坚yu jian的诗(云南卷)

致胡安·鲁尔福

我要找的就是此地　这被椰子树影子分开的镇子
这旧单车　这些玩命的穷孩子　这金子阳光
这奶罐　这风铃　这织布机和水井里的星相
是的　有生活之恶　有匪徒扬起的灰声
有个女子抱着水罐趴在阳台上睡觉
旧犁头靠着墙角根　老玉米在晚风里等着干透
中央高原上　铃兰花开着　土豆已经装筐
美总是扔在没落的家乡　这必然要失恋的正午
披亚麻毯的农夫走出甘蔗地　去河边　再去雨林
也许厨房里有一罐盐　一点胡椒　一张床
也许午夜会有蓝色的曼陀罗　黎明会有黑暗的葡萄酒
哦　胡安·鲁尔福　你的光　你的忧郁
你的诚实和朴素　你春天里的苏珊娜
而你长眠在这一切之下　令过客永远黯然

(原载《草堂》2017年第7期)

张雁超

zhang yan chao 的诗（云南卷）

山上的现场

这里的植物毫无规则
反倒因自由杂乱而显得富有生命力
荒草萋萋弥散出鲜活的香气

云朵游回岩石，清泉倒进老松
人们小心翼翼越过杂草

仿佛百草枯和喝百草枯的人
才是这里最后的主人
夕阳紧随人群散去，天空陷进繁星

（原载《星星》2017年第1期）

朱绍章

zhu shao zhang 的诗（云南卷）

纪念曼德拉

那些年我和风打架
风从东吹来，吹皱春江水
鱼儿跃起像一记直拳
击中太阳穴使少年疼得往上跳
到达盛夏之巅，像囚徒
日以继夜朝风眼打组合拳
耳畔传来罗本岛上他的低吟：
"我胸怀大海，因为我咽下了
所有的苦水。"他颔首低头
闪过秋风的勾拳成为总统
就职仪式上他扶住踉跄的狱卒
向他们曾经的虐待致敬
那时我出拳使风受伤
伤风围成一座监狱，囚禁我
头痛发烧，流鼻涕，咽喉红肿
步履如铅，离他越来越远
他身后的北风像盗墓贼
掘开我的祖坟，叫我报案

叫我背负监狱,祈望祖先宽恕
我咬牙切齿的摆拳惊动了他
他回过头来慈祥地望着我
叫我卸下脊背上
以及心底的两座监狱

(原载《诗刊》上半月 2017 年第 4 期)

韩玉光 han yu guang 的诗(山西卷)

寒露诗

一日无事,秋天显得空旷而宁静。
再读叶芝的 The Indian upon God
仿佛听一只年老的水鸟说起永生。
光线在屋子里
踱步,作画。
一度以为,我就是画中的诗人
不停地写下
画中的美好之物。
嗯。
我并不奢望永生,此刻
秋风路过小院
玫瑰正在绽放。

一只喜鹊落在高高的水泥电杆上
它的叫声和昨日乡下的一模一样
我依然不懂
它在祝福谁。
庄子在《渔父》篇里写道
孔子愀然曰:"请问何谓真?"
我暂做渔父如何?
不羡鱼,不临渊
只把目光倾向一粒寒露
看它像一个问号
落在一只鸟的翅膀上,一朵花的花蕊中。
陪叶芝继续向前走不远
就可以看见落日了。
我懂,诗就是光的陋室
打开门,请
万物来做客。

(原载《诗歌月刊》2017 年第 4 期)

喙林儿 hui lin er 的诗(山西卷)

暮色之下

多么安静,仿佛都沉睡了

空空的芦苇在风中轻轻地荡
黄昏一次一次降落暮色，再次降落暮色
两只白色大鸟飞来

白鸟飞来，你走来
暮色开始喧哗。湿地在晚秋的风中醒来
芦苇追着白鸟，一波一波地荡

(原载《中国诗歌》2017年第6期)

雷霆 lei ting 的诗（山西卷）

蓝刺头的忧郁，以及光芒

夕阳穿过阳曲山，有绒绒的暖意
久违的山风，吹着悬崖上的蓝刺头
我不知道一抹金黄，披在蓝刺头上
是加冕还是安慰？一棵挨着一棵
为即将到来的衰老收纳虚幻的荣誉

碎石滑落，事物皆有放得下的脾气
阳曲山也是。山石如简，叠加的册页
记录过往云烟，半空流浪的鸟鸣
栈道入云，一把石梯就是高天琴弦

没有更高的植物了,真的没有知音了

除了蓝刺头,和它风中紧张的颤栗
就连安静的刺,也收回内心的暴躁
被置于夕光一侧,给予好听的名分
就说你是阳曲山上十万支穿心之箭
而心已荒芜多时,峭壁也无鄙视之物

就这样金甲裹身,立于峰顶之上
期待时光变幻,消弭累积的锈迹
你瞧一瞧吧,山下溪水哗哗流向河北
世间许多不值一提的草木,在冷风中
收紧衣袖,一样走在寂寞的归途

(原载《晋中日报》2017 年 8 月 23 日)

宋彩文 song cai wen 的诗(山西卷)

夕阳

傍晚,雨后,夕阳站在云层后
位置很高
只能看见水的
皮影戏

光线真挚
语言晦涩

一滴蓝墨水在一杯清水里
攻陷城池

这时候，驱车倾听
大地与天空的对话
夕阳，是黑夜的祭品
叶片咳血

花瓣打开了
花香趁风而去

（原载《黄河》2017 年第 2 期）

宋清芳

song qing fang 的诗（山西卷）

退场

再退后一步，就回到了自己
像花蕊回到根部，雨水回到云朵

像一场大戏只留下了背景,那些唏嘘和锣鼓声
只剩下了回音

把土地、古道、月夜的惆怅、暗夜的迷茫
一点点收藏起来,和她们握手言和
把梦里梦外的情节,归类,不分彼此

是时候了,所剩不多的时间里
我们都是轨道上的流星,一闪而过后
没有白发黑发的落寞,没有有情无情的区别
没有风雨,也没有闪电

(原载《延河》2017 年第 9 期)

温秀丽wen xiu li的诗(山西卷)

上木角·九十九眼井

我也不知道,为何纠缠在
水和水之间。

井台上的辘轳摇晃着水光,日光,月光和时光
所有的光在飞。
洁白的,温暖的,吉祥的光
照耀着上木角。

微风来,有尘埃走动
九十九眼井站在流动的光里
那个叫尉迟敬德的人独坐着,也在光里

至于那些圣水
一直在各种光里荡漾
并非为谁而生,为谁而久住。

(原载微信公众号《惜缘文学》2017年9月14日第645期)

姚宏伟

yao hong wei 的诗(山西卷)

倒飞的鸽子

高速列车追上了逆风赶路的鸽子
然后又远远甩开。从我座位上看去
那是一群鸽子倒着飞翔

仿佛获得速度,就是为了
更快地远离。"到达了远方
还有更远的远方,我究竟需要什么?"

停顿下来的时候,身体依然保持着
速度,心里有一群倒飞的鸽子
距离故乡越来越近了

(发表于《汉诗界》2017 年第 2 期)

张琳的诗(山西卷)

夕照寺

进入宝殿,我就是供桌上的香火
袅袅的
一心朝着看不见的地方攀缘。

步出大殿,装作墙角的一株狗尾巴草
风一吹
顺势就轻轻颤抖起来。

西边,落日像牧羊人翻过了山冈
东边,古老的土崖上站着
刚刚开花的酸枣树。

年近而立
我还只能将慈悲理解为寺外的小路

允许它们,像鱼尾纹一样

慢慢延伸到我的眼角。
而暮色越来越像眼泪,怎么擦
也擦不去。

(原载《诗刊》2017年第7期)

朱鸿宾

zhu hong bin 的诗(山西卷)

夜归人

黑夜里以酒祭刀
一碗又一碗
浓于黄河水的北方烧
一点就着火

酒是好东西
一醉就回到故乡的麦场
刀早就钝了
山月开刃　井水抛光
日行千里的黑马,也老了

草料无多,涛声正好解渴

一封家书揣在行囊
不停催促脚步,快点再快点
半生漂泊,父母均已老迈
晚风在左,月影在右
归心比飞刀更锋利　刀刀见血
儿子已长大成人
不认识爹,但认识背后这把刀

(原载《黄河》2017 年第 4 期)

宗永兵

zong yong bing 的诗(山西卷)

掌纹里游泳的鱼

一条条来自母体的河流,在掌心穿梭
多少鱼儿揣着大海的梦想

游一程,停一程
每一程,都是它们明天的起点

有多少声音在半路溺亡
有多少足迹成为一块块化石

大海还远。疲惫的鱼儿望着天空
始终无法游出,掌心之内的,一片河流

(原载微信公众号《中国诗歌学会》2017年9月21日)

陈德胜 chen de sheng 的诗(河北卷)

一个普通的早晨

天空中有薄云,风有些像绸缎
我看到几只麻雀,它们在找寻什么
就像我骑着自行车找寻一处报亭
我担心麻雀和我什么也找不到
这是一个普通的早晨
我找到一个泪流满面的人
他失去的东西过多
自此,他也不相信寻找
人们应该等待降临,像雨
能找到什么呢?经年的爱情和青春
是不是从头顶划过的流星
我是一个家传很久的穷人

老家的空宅和锯掉的树木
我看到了一个人上了一辆长途汽车
他多像老家表哥的身影
他听到了钟声,上帝的钟声
从今以后,选择怎样的早晨是重要的
穿过那些麻木的人脸和四肢
找到空无,那么微不足道

(原载《诗文本》2017年3月15日第58期)

陈红为 chen hong wei 的诗(河北卷)

石头下山

把一块石头背进山洞
挤占阴暗,压缩虫豸的空间
让石头是完整的石头

沿途也会有热心的老农
帮着小心翼翼放下来
以免石头伤害石头
然后一起坐在上面
谈论很早以前的山路
谈论疯长的石榴树,山泉水和消失的鸟窝

其实石头下山
也是有使命的
为了验证水落石出
验证铁石心肠，验证
一块石头落地后，空空的心里
迫不及待的美好
比石头强硬

（原载《山东诗人》2017年秋季卷）

大解 da jie 的诗（河北卷）

风来了

空气在山后堆积了多年。
当它们翻过山脊，顺着斜坡俯冲而下，
袭击了一个孤立的人。

我有六十年的经验。
旷野的风，不是要吹死你，
而是带走你的时间。

我屈服了。

我知道这来自远方的力量，
一部分进入了天空，一部分，
横扫大地，还将被收回。

风来以前，有多少人，
已经疏散并穿过了人间。

远处的山脊，像世界的分界线。
风来了。这不是一般的风。
它们袭击了一个孤立的人，并在暗中
移动群山。

(原载《扬子江诗刊》2017 年第 4 期)

东篱 dong li 的诗（河北卷）

一棵芦苇
——给父亲母亲

一棵芦苇
像人一样
站在初冬的原野上
单薄的身子
顶着一颗花白的头

千千万万棵芦苇
像人一样
挤挤压压的
看不清他们的身子
更不见那些会思想的头
只有晃动的大海
和发光的浪花

孤单只让人担心
抱团取暖就成了事件

悲伤莫过如此
仿佛我一出生
他们已是暮年
光阴这个糊涂蛋
不是遗漏
就是缩短

我还只是苇锥
颜色尚紫
但早有人
躲在暗处
正准备一锹一锹地
往我头上填土

(原载《扬子江诗刊》2017年第2期)

韩文戈的诗(河北卷)

交汇

暮晚时分,我喜欢坐在倾斜的光线里
看河口的两条河隐秘地交汇
那时,我的身后,白天与夜晚也在交汇
我的肉身,生与死每天都在一点点地交汇
我看到翻涌的水不断从深处冒出来
就像绽开的玫瑰花瓣,无穷无尽
它们被一双看不到的手分开,然后舒展
又一层层剥去,平息
此刻,不远处悬挂的每一颗苹果
朝南与朝北的两面,青与红浑然圆满
喜鹊与乌鸦在同一枝头交替鸣叫
演奏着我们听而不闻的天籁
我能够感到,瞬间在不停剥离,远去
而永恒依旧蛰伏,不动声色
不多时,黄昏便已撤退
草木隐进了自身的幽暗,长庚星出现

(原载《诗东北》2017年上半年卷)

胡茗茗 hu ming ming 的诗（河北卷）

糖

数着父亲离去的日子
慌做一团的仨姐弟
不再争吵，团团围住母亲

颤巍巍的母亲，塞给我们
维生素和童年往事
家里的空气，安静而有微许甜度

就这样，三块被父亲舔过的糖
裹着母亲这层糖纸
黏在了一起

（原载《诗刊》上半月2017年第7期）

青小衣qing xiao yi的诗（河北卷）

自画像

磨刀人在打磨一把老刀
满脸锈迹，刀刃上，只剩下半寸锋利

这把曾经崭新的刀，出鞘那一年
带着很多奢望，曾想一刀打下个太平盛世

刀在石头上发出快乐的尖叫
水从手指滴下来，舔着刚磨出来的新刃

磨刀人始终沉着脸，额头挂着汗珠子
只把浑身的力使在双臂上

锋刃废过几次之后，刀身越磨越薄
低头磨刀的人，一辈子也没有砍斫的机会

那些刀客，怀揣绝世刀谱，刀法出神入化
最后都退出江湖，隐身而居了

我神情恍惚，有时是那个磨刀人

有时是那把刀,有时是那块磨刀的石头

(原载《星星》诗刊 2017 年第 6 期)

晴朗李寒

qing lang li han 的诗(河北卷)

一半
——给小琴

橱柜里的衣服,有一半不用穿了,
一天天大半的时光
我们都是在家中度过。

偌大的饭桌,一半就够了。孩子两周回家一次。
冰箱减去鱼肉,饭桌减去杯盘,
一天两餐,我们活得足够轻松。

话说到一半,我们彼此
就心领神会了,一起生活了十七年,
我们交谈,早已不再单靠语言。

双人床,一半就够了,睡眠与欢爱,

梦境和鼾声,此消彼长。
许多该放下的,都放下了。

房间的一半都留给书籍,我们每日
侧身其间,变得比纸张还平静,
比文字还安然。

过了这么多年,我们越发觉出
自己的残缺,我是一撇,你是一捺,
只有相互支撑,才能成为一个"人"。

太阳俯临头顶,人生已至中年,
我们要省下一半的力气,
用来对付后半辈子的生活。

(原载《诗刊》上半月2017年第3期)

王琦wang qi 的诗(河北卷)

留给青砖的记忆

一块青砖的记忆来自一双手
轻轻地抚摸以后又放下,从那时起
这些青砖被垒在一起,自地基以上的部分
风雨不能逾越,除了烟波致爽殿

在没有被烧制以前,一切无从谈起
现在它们仍有一些泥土的味道
从骨子里散发出来,赶上阴雨连绵的时候
一处园子,一座皇宫

都沉浸在久远的记忆深处
毕竟斑驳成这样了,经年累月
它们曾经围住过一盘炉火,一个老人
一个离我们很近的朝廷

大厦将倾的时候,青砖是无辜的
能够看见的坍塌可以挽回
看不见的,在地基以下
皇帝与宰相都无法听见青砖的呻吟

(原载《海燕》2017年第7期)

梁永周的诗(山东卷)
liang yong zhou

风中的叶子

它性子急,字迹潦草
忏悔都有了咒骂的声调

这掌纹是那些没被焚烧的尸骨

他们生长、开花，就是结不出果

风撞了风，叶子就软弱下来

她见不得嫉恶如仇

你要知道黄沙漫卷

与这身子底下的湖水

都听信过谗言

都在一种浪漫的态势中

写下忏悔

字迹慌乱

（原载《诗歌月刊》2017年第9期）

宁昭收 ning zhao shou 的诗（山东卷）

清明　清明

无风　无雨

乡村古庙的乱崖中

一条长春藤的枝蔓

伸进忧郁的天空

清明　清明

有雷在血液的隧道中响起

有芽从骨骼的缝隙中突出

一群熙熙攘攘的花朵
开放得万紫千红
多像走在旷野上的游人
一群黄色的蝴蝶
起起落落
最终又跌落尘埃
无声　无语

（原载《今日章丘百脉副刊》2017 年第 10 期）

唐江波 tang jiang bo 的诗（山东卷）

秋天一到爱情就会成熟

当圣洁的雨水
顾盼一棵禾苗生长的光阴
七月也正随一滴雨水行走

这路口只能容下一朵花的呼吸
像所有的庄稼一样
田埂、山坡、溪流朝着太阳生长

阳光和雨水
一遍遍把夏天过滤

田野,一头长着往事
一头长着命运

我们的生命多像太阳的影子
那些轻于风尘的追逐
始终喘息着,奔跑着

我们厮守着这个季节
将生活的镰刀磨了又磨
因为,当秋天一到
爱情就会成熟

(原载《牡丹》2017 年第 1 期)

王夫刚 wang fu gang 的诗(山东卷)

致青春

秋风浩荡,山中有了些许变化
寺院不再把蝉鸣视为噪音
青春的个体户不再为青春提供免费的
嘻嘻哈哈的解说词活跃气氛

天空慢慢舒展,林梢和山巅

有云飘过。成长的事物
配得上伸出双手接住竹篮里的梦幻
——不愣神的人,哪有人生

通过不同的劳作,获得审美支持
和命运的休憩:汽车站外
失恋的青年以泪洗面
疯人院里,失眠者细数着头发

这就是青春,欲望曾经探头探脑
这就是青春史,青春没有历史

(原载《诗刊》上半月2017年第3期)

王桂林 wang gui lin 的诗(山东卷)

蓝色蜥蜴

皮乌拉北方小镇的
一只蓝色蜥蜴
将太平洋甩在
它再生尾巴的左边

独居的花园

曾被西班牙命名
现已无数次
被沙子淹没

夹竹桃的白粉浓香
三角梅
红色爆炸
但它——并不愤怒

不只是蜥蜴的
珊瑚眼珠
才盛得下这寂静
以及更加寂静的
砂岩帝国

海水持续
在远处隆起
一道蓝色围墙
挡住了海洋
习惯的潮汐

它知道那蓝色
知道深处的
所有秘密……

(原载《诗探索》2017 年第 1 期)

王琪的诗（山东卷）

边 地

不可无端怀念。那无法消解的　都将被
时间逐一抬高　不可逆风飞扬　我千里迢迢降落
只为了让你看见　偌大的北中国
墨迹之后　再无万水千山

翅碱蓬带着它的红和妖娆　黑天鹅
也在迎来自己的春天——半生痴狂
你一定知道我
言犹未尽：一杯苏打水
我说到了单向度；半只橘子　你说到了凉

带着不被参透的　我再一次去了海边
空旷的环海路　落叶一片片被风压向地面
雪花飘零　反被推向虚幻之境　它的心气
使我只有顺着时间将下巴慢慢抬高……

无涯和有际　是有蛊惑力的
在海边的丘陵地带　很多人耽于对大陆的幻想
不能自拔。这么多年　生活的离心力

带走了太多　现在　它的长焦把你一再拉近
是用暗喻　揭示什么？

（原载《中华女子文学》2017年第6期）

夏海涛xia hai tao 的诗（山东卷）

所有的花都涌向春天

总归要来的　顶着青草的绿
瞬间铺满了春天
你不得不承认　这就是力量
那些压抑不住的荷尔蒙的膨胀

那些离去的　终归离去
没有人能拦住天空白云和候鸟远走的背影
那些倒在了喧嚣里的死亡
显得如此孤独

这个叫作青春的名字
被走过的人摘下来
就像墙上爬着的蔷薇　被随意采摘
曾经打开过花香的人
如今被花香隔开　一个远在天堂

一个坠入地底

所有的花都涌向春天
所有的青春　都在盛开的时代
挥霍着　失去

（原载《创作与评论》上半月2017年第4期）

董林的诗（河南卷）

致普拉斯

霉菌的空气，轰鸣着
进入你
脱下黯淡的灵魂
转身挂在刺眼的墙上
那是一件跟你多年的雨衣
湿漉漉
还在往地板上滴水
窗户磨损成
一只隐喻的有色眼镜
你通过它向这个世界张望
可惜语词已失去了关联
仿佛一捆柴禾被突然抽走了绳索

铁床饥饿
被单是一只灰色的海鸥
你需要把彩虹倒进浪花
才能看到那座海岬
盲道引领苜蓿走向荒芜的肋骨
走向黑色方尖碑的钟面
诗歌不幸
也是一座活着的精神病院
你在每一个水分子中打坐

(原载《莽原》2017年第2期)

高金光gao jin guang 的诗（河南卷）

四月

大地上的花朵
一到四月就想哭

在母亲安息的田野
油菜花哭得最凶猛
似乎要把整个春天的怀念
倾吐给母亲

我痛疼的心摇晃倾斜
倒进那成片的花海

(原载《莽原》2017年第2期)

韩冰 han bing 的诗(河南卷)

因为一场雨

因为一场雨
她拉紧手中的扫帚、铁锹和小推车
她叫春花,握着四季的源头和步伐

偶尔一道光亮划过路面
许多隐秘的
碎花和小星星扑面而来

她迷恋这花
仿佛她又一次遇见的陌生人
允许惦念或遗忘

云朵昏沉
捶打着翻滚的风暴
一边奔跑,一边丢弃着自己

她制造云梯,清洁殿堂
清除草木之间的破败
与疼痛
修整人间微小的荒芜和倾斜
湿漉漉的天空压住了她的喘息

(原载《大河诗歌》2017年夏季卷)

老家梦泉

lao jia meng quan 的诗(河南卷)

有一抹阳光射进来

被困于时间的深处
被困于一时的闲暇里
有一抹阳光
透过长长的甬道
射进来
似乎 想熨平些什么
又似乎 想点亮些什么
我们相顾无言
沉默 是一粒

膨胀的种子

(原载中国诗歌流派网论坛 2017 年 5 月 1 日)

森子 sen zi 的诗(河南卷)

清古寺村

我们不认识一个人,仍感觉自己拥有整个世界
我们一无所有,仍要写首诗安慰自己

我们没打过飞机,飞机仍然会向我们俯冲
我们什么都不懂,仍然觉得这可能是一首好诗

我们不是雷某,也不是清古寺
在毫无关联的人世间,我们生,我们死

杨树僵尸横陈沟渠,速生速死择出了因果的枝蔓
木材加工厂应该有一只向后跑的轮子

我们迷信过进步,哪里知道退步也不容易
我们迷信过成就,不清楚失意才是钢筋折叠的诗句

然而,她已经不叫清古寺

然而，她还叫着清古寺村

我们来不及招魂，来不及对招魂人说——风声有些紧了
我们仍要回家写一首薄情诗。

(原载《诗歌月刊》2017年第8期)

邵超shao chao的诗（河南卷）

对着一幅八卦图发呆

对着一幅八卦图
发呆
我恍然看到
一条太阳鱼搂抱着
一条月亮鱼
天衣无缝
我又发现
一个阳刚的男人簇拥着
一个阴柔女人
浑然一体
八卦图，八卦图
让我目睹了一场
爱情

忽然，一株画过八卦的蓍草
私下提醒说——
其实
世上从来就没有
亲密无间的两种事情

（原载《大河诗歌》2017年夏季卷）

徐慧根 xu hui gen 的诗（河南卷）

瓦罐

一只瓦罐 装满了鼓囊囊的回忆
那梦 总会在黎明时刻笑醒
小小而又卑微的瓦罐
像时光的河床上晾晒的一个酒窝
浸着我的童年晶亮的泪滴

大肚能容的瓦罐 装满了咸涩
时光流逝了 而瓦罐经不住时光的叩击
在微光中摇曳 友善地对应着故乡的天空星群
把光阴坐得那么深
已找不到了回家的路径

（原载《星星》2017年第3期）

张鲜明

zhang xian ming 的诗（河南卷）

胆子大起来

那天，我意外地发现
天空
离我越来越近
我的胆子就像发芽的油菜籽那样
悄悄地
大了一点

又有一天，我感到双臂
在长出羽翎
我的胆子就又
大了一圈

后来，我感到自己的脑袋
长出了尖喙
我的胆子不但继续大着
而且连身体也
一动一动地
想飞

当我的胆子大得就要包住天空
我已经成了一只
鸟
站在
某个云朵之上

此时,人间在我的眼里
越来越远,越来越小
就像一粒正在
坠落的
豌豆

(原载《河南日报》2017 年 9 月 20 日)

张晓雪zhang xiao xue的诗(河南卷)

合欢树的秘密

叶子像含羞草。
未见响动,却碎影翻飞。
似有低语欲说,
亦有怨气欲克制?
哦,将心比心吧。

那一刻,它心里是
有承诺的。
而枝杈间紫色飞舞
欲走动的花朵更像新棉絮。
这"美丽牧场"里,害羞
与芳香一样令人感到
头晕。微风一吹,
一树游弋的姿势,
是一小簇新鲜的相思病。

(原载《朔方》2017年第9期)

阿成 a cheng 的诗(安徽卷)

东山

隆起或沉落。裸露或隐身。
雾中的东山,弯曲,零碎,松散。
时值岁末,柴禾簇新,流水低敛
红联在门楣上更替年份
院中猪鸡失宁,木柴堆至屋檐
一辆废弃的拖拉机卧于积雪。
披着冬袄的老汉,在街衢闲逛
候子归,候白烟在房顶蓬生

候一位又新又旧的叫年的客人……

在高处,他们不知我们的来路。
寻觅或告别,意义在于手中所握杯盏。
席间,谈及山栀、松果和制作宣纸的青檀
一道非遗的清唱,增加了酒的醇厚
作为随行,我的旁观心有所骛
想象岚中自在的青山与草木,只愿是你
空谷中一根不想开花的枯木,溪涧里
一枚不想变软的顽石……

(原载《诗歌月刊》2017年第6期)

方文竹 fang wen zhu 的诗(安徽卷)

遗产论

非常时期里　像奇特的邮件　遗产以非常的方式
寄放在一个伟人的名下　无异于埋下了一颗巨雷
请不要高估你的双脚　花朵已经抢先一步
收到死讯的传单　吊诡的是
花朵接着成为遗产以及遗产的一笔脚注
其实呢　遗产的款项早已脱胎换骨　接着净身
就像将旭日装进左边的口袋　夕阳装进右边的口袋

迷人的诗篇里一个关键词一贫如洗
就像那一把去年出土的古琴佳音涟涟接着修身养性
昨夜老魏与我谈及甘心街三兄弟官司打到京城
还有一位富翁莫名地死于情妇的酒杯
明月的毒液分泌出一千种色彩　化为朝露的
纷纷典当时间的琥珀　收下遗产税　好比
附加值转化成一束光芒　心灵腾开一小片空地
宇宙深处的婴儿爱上了追风　在你看来
一文不值　穿心莲在上帝的中药铺
也只是一剂意象的血脉　防治于一头唯美的豹子
它走在热闹的大街上　却无人过问
那么请让公海上的一只彩船任意东西吧
多少年后那只黑暗中翻箱倒柜的手
终将推开一扇月光之门

（原载《草堂》2017 年第 6 期）

孤城 gu cheng 的诗（安徽卷）

养鱼经：不关睡莲，及其他

一条鱼孤单

两条鱼乏味

三条鱼
刚好
救活一缸清水

（原载微信公众号《诗刊社》2017年8月22日）

韩庆成的诗（安徽卷）
han qing cheng

儋州1097

1097年的儋州
无非是蛮荒一些，生态一些
无知一些，淳朴一些
无非是夏天长一些，春秋短一些
无非是冬天不来，东坡先生来了

东坡来了，乘一叶孤舟。宋哲宗的儋州
无非多了个贬谪之地的名号
无非多了个办学的先生，教书的先生
种稻米的先生，挖水井的先生
无非多了个提民族自治的先生，向皇帝进谏的先生
大宋朝不杀文人，无非把你越贬越远
让你在世时受难，后世被追封

无非是让你做几件事
如官腔所说"转化其风俗,变化其人心"
无非是让你耳听调声,以酒煮蠔
时不时来场海一般的大醉

无非是920年后,更多的先生来到这里
带着寻常的汗水,带着不寻常的景仰

(原载《诗歌周刊》2017年9月30日第279期)

何冰凌 he bing ling 的诗(安徽卷)

法罗岛

我们是多么的不同,
你好像来自另一世界。
血和子弹,
爱情天生浓艳。
现在,请看着我
我要画下你乌溜溜不谙世事的
黑眼睛。

(原载《青春》2017年第6期)

黄玲君 huang ling jun 的诗（安徽卷）

蛾

整个夜晚
它趴在那里，一动不动
它来自无可记忆的地方
仿佛就是你的婴儿期
人，花了几乎永恒一样长时间
一无所知躺在摇篮里
如此的不可思议
今天的你
难以理解，成长所获知识
只不过是一只蛾
所携带的金粉
你捏过翅膀的手指
有一种滑腻
随着它翅膀低低颤动
沐浴光的投影
你只能不动声色地接受
接受它的表面意义
当这不寻常的事情并没有发生过

（原载《诗潮》2017 年第 6 期）

李云 li yun 的诗（安徽卷）

一滴雨突然而至让我惊悸

猝不及防
万里无云时
一滴雨突然而至让我惊悸
这是包含怎样内涵的雨
选择我的多皱的额坡坠落
是祸水还是甘露
它为何咬定我

对于一场雨我能沐浴其中
很安宁自得
对于一滴雨我是不会答题的考生
面对空空如也的考卷
我茫然无措
我喜欢在整个雨季里行走
却怕一滴雨的到来
这是怎样的悖论
思忖很久
怕一滴雨的背后是否是怕将坠的陨石
再次认定我

一滴雨找到我是一种预警
还是，一个阴谋

我抬头望苍穹
我看见
偶然正在痛苦地卵生着必然

（原载《海燕》2017年第10期）

其川 qi chuan 的诗（安徽卷）

白芦镇

那少妇，抱着孩子，那
抽烟的中年男子，眯着眼睛，那
戴着鸭舌帽的老人蹲在门框边，他们
都有一张苍茫的脸，在白芦镇
这个上午被定格了，陈旧的铺子，闲散
的居民，他们
有自己的一天，十年，一辈子
此刻，这些波澜不惊的人，各怀心思，挨着
各自的光阴，在九点一刻，在
中部某省，秋天缓缓降临
在那些盛世的树枝、瓦楞和灰铁皮雨篷上

（原载《特区文学》2017年第6期）

田斌的诗（安徽卷）

割艾

娘去村后的坡地上割艾
连成一片的艾草
把娘隐没在夏天的浓密与茂盛里
隐没在清风拂动的碧波里
娘勾着腰，一手握镰
一手拢艾，把刀子伸进
艾草的根茎。一刀子下去
那种浓烈的气味
从割倒的艾草中弥漫出来
这股熟悉得有点刺鼻的味道
像情感的导火索，一下子
引爆了端午，灼烧了我

（原载《解放军文艺》2017 年第 2 期）

王正洪
wang zheng hong 的诗（安徽卷）

古道之故乡

肩挑笋干的古道又细又长，时光回眸
随之而去的是香菇、木耳、蕨菜、茶叶
渡口为万安罗盘所定，又被万安罗盘延伸
浸淫着程朱理学，飞鸟归林，秩序井然
悬壶济世的大都是新安家族的后人
其道幽长，其盐味与缥缈为徽墨所晕染
十三四岁往外一丢是不变的主题
草莽英雄走过，进士状元郎走过
更有戏说帝王走过的注脚，扑朔迷离
然而走过最多的还是一代又一代倔强的徽商
山道险阻，说不尽的挣扎与痛苦、憧憬与守望
给徽商带来巨大荣誉的是那个穿黄马褂的人
走得再远，到天边，也是肝肠寸断
一路爬坡，多像一个深刻、偏头疼、历尽沧桑的人
其亲切、温暖如甘霖而来
青青石板还是那块石板，山还是那座山
牵挂、镇痛、母爱如一副透气驱寒的膏药
祝你一生平安

（原载《诗歌周刊》2017年10月7日第280期）

叶匡政

ye kuang zheng 的诗(安徽卷)

塑像

我躬身在一只烧焦的电闸前
它要打开
它要对着躁动的人群打开
它要移走所有漆黑的房间

远处的巷道像一支嘈杂的练习曲
在我耳边
我站在木凳上,黑暗中,打开电筒
看到了自己年华的流失……

这只焦黑的电闸
它静默,从容
仿佛经历过真正的痛楚
像我那不愿说话的亲爱的兄弟!

(原载诗集《中国新归来诗人》2017年版)

左云 zuo yun 的诗（安徽卷）

远走的女郎

睡在床上看喷火女郎
在成为喷火女郎之前吐火
她的眼泪没有浇灭
让她变灰从胃里蔓上来的火
却打湿了一堆灰烬
喷火女郎走了，去表演去了
踢踏着打开了的脑壳
趁着中午的麻药
我看到里面有一个红头发的人
被喷火女郎
胡乱地摔倒在床上
被条也乱
摸一摸火柴格子床单
很腻，还有余温

（选自《诗歌月刊》2017 年第 8 期）

车前子 che qian zi 的诗(江苏卷)

报 告

1. 从他脸上敲下一块赭石,
就会变心。

2. 报告!
这里有位祖母绿女人,
对大家陌生。
而卖艺小姑娘是他:
柜子里铜锁严守,童贞女,
繁体字。繁体字。

3. 你是——叫不上名字的外婆?
"不沉于水""不沉于香",
他变出骨灰,用她白发。

4. 我们从骷髅变出灌木丛,
让几只蟋蟀握手告别,
蟋蟀颜色多像赭石,
赭石的碎屑,
旅行回来。

5. 从他脸上敲下一块赭石,
就会不疼。
(如果铅灰色的永恒没有痛感,
文明古国那样折磨人,
可以接受这教训:敲下一块)

(原载微信公众号《长淮诗典》2017年6月30日)

龚璇gong xuan 的诗(江苏卷)

藏地夜曲

藏着篝火的炙热
谁,娇媚的肢体,顽固地
为草原之夜
拒绝心智的腐朽
比之纯真的月光,更着迷
空气中的留香

从扎尕那到河曲马场
从拉卜楞到郎木寺
从玛曲到迭部
森林、草原、寺院
野羚羊、黑牦牛、灰鹤群

牧马人、紫袍僧、锅庄女
逐鹿我的沉默

有人同情彼此的处境
一些小动物，最喜欢的方式
就是警惕地看着你
此刻，你必须蹲伏草地上
蹑手蹑脚，做一些事情
挽留草原的宁静

夜正来临。我不应该有丝毫的怀疑
灵魂的清明
需要浩瀚的星空。夜色阑珊下
格桑花、鼠尾草、蓝百合
跪倒草原的泥土上，在影子里
说着贴心的话

我为青稞酒醉舞，几时又能惊醒
只做一个男子汉，粗犷地
慷慨生命的陈述

（原载《诗刊》上半月 2017 年第 7 期）

胡弦 hu xian 的诗（江苏卷）

非童话

熊睡了一冬，老鼠忙了一夜。
乱世之秋，豹子的视力是人的九倍。

想变成动物的人在纸上画鲸；
不知该变成何种动物的人在梦中骑虎，
有时醒得突然，未及退走的山林
让他心有余悸。

狗用鼻子嗅来嗅去，必有难言之隐；
猫在白天睡大觉，实属情非得已。

猫头鹰又碰见了黄鼬，晚餐时，
座位挨得太近，它们心中都有些忐忑。
而有人一摸象就变成了盲人，有人
因窥见斑马，变成了新思想倡导者。

我也曾画过蛟龙两条，许多年了，
它们一直假装快乐地嬉戏，其实，
是在耐心等待点睛人。

——总有一天，它们会开始新生活，
并说出对纸张不堪回首的记忆。

（原载《广西文学》2017 年第 8 期）

胡正勇

hu zheng yong 的诗（江苏卷）

在竹坞里，经常和神相遇

刘半仙在村口的小酒馆里
从中午喝到太阳下山
他逢人就说，昨天我梦见神了
每个人都会问他，神长的啥样
刘半仙说，神就是一团球形的光
蓝幽幽的，抑或火红火红的
问的人都半信半疑，只有我深信不疑

天说黑就黑，银河系横亘在夜空中
像我女儿玩的那盘玻璃弹珠
银河系一定住着很多神
天空一定住着很多神，星光闪闪

一觉醒来,万丈光芒的太阳神
把光撒在大地上,撒在我老父亲身上
他在田野里忙碌的身影光芒四射
在我眼里,他也是神!和太阳一样
在我女儿眼里,玻璃弹珠也是神
和夜空中孤独的月亮一样

(原载微信公众号《世界最美诗书画》2017年9月17日)

庞培pang pei的诗(江苏卷)

永久沉寂

永久沉寂是爱情的慢慢抬起的手
胳膊、上身、前胸
两人之间低头深埋进
对方的心跳

爱情活在某种程度的永久沉寂中
完好若初见。一个灰霾
冬天,把世界的冰寒陌生
交还对方

在我的房子里一多半

这样的永久沉寂刮着风
窗户些微声响。外面
积雪正落上窗台或屋檐似的爱情

在你身上，我的吻
像是一种永久的沉寂
像雪花，小而轻
落下好一会儿，悄无声息

（原载微信公众号《诗刊社》2017 年 7 月 19 日）

许军 xu jun 的诗（江苏卷）

暗器

险情丛生的暗器
不会轻易杀人。但常常
伤人于无形之中

而今晚
我面对的暗器
就是一张白纸之上
几行静静的文字。它们仿佛在多年之前
就对我

充满了深深的仇恨和敌意

(原载《星星》2017 年第 1 期)

雪鹰 xue ying 的诗(江苏卷)

邂逅

至少,我不是董永
林冲也只有豹子头

你听到的回音
正是我着地时的呐喊
物理学早已定了传播的方向
还以分贝代表高低

恰好此刻,你从天上路过
翅膀是耶稣给的。玉皇大帝
只想着把羽毛插在自己的头上

但我不知,这回声
是如何撞击了,你的双翼
和你翎羽里,裹着的心

(原载《青春》2017 年第 9 期)

育邦yu bang的诗(江苏卷)

因为雪
——兼致卫东、维生

因为雪
我们从自由禅房中走出来
我们置下墓地
写下美和迷惘
我们用花朵供养天空
把墓志铭刻在大海上

我们走到世界的尽头
进入幽深的甬道
黑暗的浮力使我们漂浮在半空中
当我们适应,我们就感到自在
当我们前行,重力就在不停地溃败

栎树在冬日的阳光中闪烁
我们点燃一盏灯
只为自己
在漫漶逶迤的黑夜里
发光,发光

即便它没有使得
这臃肿的黑暗
损益分毫

单纯的矛盾,最后的玫瑰
瘦天使沿着山毛榉上升
时光模糊
我们到达安眠之所
那是山峰,也是大地
触手可及的雨水
正洗涤着幽暗
下降的,正意味着
更多的光和花瓣

(原载《诗歌月刊》2017 年第 2 期)

子川 zi chuan 的诗(江苏卷)

似有

似有铁轨的旋律响起
像铜管,抑或长笛
可以是弦乐,也可以是键盘乐

夜很深
似有稀疏灯火
闪过车窗,似有车在行进

像一个短促休止符,闃寂如我
任由一些无可名状的东西
在颠簸中旅行

其实是一条废弃的路轨
虚拟的夜行车,空洞如思想
没有站台
也不会有终点

似梦似醒,一堆声音碎片
留在记忆里

(原载《草堂》诗刊 2017 年 7 期)

艾茜 ai qian 的诗(上海卷)

太阳花

把你最柔软的给我,摸一摸
把你最坚硬的给我,摸一摸

把你那深入大地谜一般的根须也伸过来
给我摸一摸

啊！你这可怜的轻蔑者
精神贫瘠者，为何还昂着头颅
为何还挺起胸脯
难道还相信光？相信永恒使你饱满？
难道不曾察觉，蜂群逃离
掠走了洞穴里最后一滴蜜汁

啊！你这骄傲的太阳之花呀
太阳，
早就下山啦！

（原载微信公众号《中国女诗人》2017年7月31日）

冰释之 bing shi zhi 的诗（上海卷）

我在等旧世界传来的消息

大批新人在网络安顿下来后
旧世界已经找不到出口
一些细节绕到了事实的前面
一些情节因为受过伤而变得非常尖刻

其实每个人起初都挣扎过，后来也都谄媚过

不必回忆
那些在历史里找不到的往事
它们已经不会在新人的窗前醒来
有时候晴朗的天空
也上演悲剧
光芒闪过到处是迷人的邪恶
谁会在事物的表面祈祷
然后将模糊的痕迹养大成证据

而新世界正好相反
它们更像远处走来的一对父子
相互依赖为情感的矛盾
时间在他们脚下铺设了两条平行线
有了疑问就在月光下点燃香烟
两颗星的宽度
足以培育被对方抚摸的角度
哪怕之间有浓厚的雾霾
也只会停留在未来病人的脚边

旧世界已经远去了
我们在努力学会目送新人走下去
虽然记忆和长夜在我们背后
虽然崩塌掉落的声音一直在回响
新世界那边
总会有一些透露给未来的消息

（原载《星河》2017 年夏季卷）

缎轻轻

duan qing qing 的诗（上海卷）

激流

无所谓，城市的边缘是不是海洋
假惺惺，一群朝圣者站在大船上
这是他们思维中虚妄的大船
也是我日夜刻画，难以忘怀的一片死海

因为浮力，你顺流而下
在夕阳的映照下，在爱情的鼓风机中，我逆流而上了
我们擦肩而过，在波浪中隐藏彼此的脸庞
激流
我丢失的帽子！
船檐是这所城的一角
数以万计的鳕鱼在干涸中狂欢
这也是虚构的

（原载《诗歌月刊》2017年第3期）

古冈 gu gang 的诗（上海卷）

出走

日日忙的同事和机关
上级的上级，吐纳像花蕾的屎。

落下或鸟儿飞过，
我不用"驶"的美意，它无损花之脆。

比之钢筋水泥，
摞他们的置放地，安抚的深睡。

起而奔走，夜是我们白日，
飞着，儿戏颠倒的事业心。

小巧的官僚，
会议桌成世界方寸。

铝合金窗紧闭，
偶尔是我坐那儿。

飘的星云，点亮了骨磷，

趁我们身体的时差出走。

(原载《江南诗》2017年第4期)

严力 yan li 的诗（上海卷）

维修

攀爬思想高度的工具
与电梯一样需要维修
事实还证明了
高于电梯和知识的高度
维修时可以动用战斗机
问题是
更多仅仅高于视线的东西
必须踮起脚尖才能看清
可惜这个姿势不能维修

(原载微信公众号《浦江诗会》2017年8月29日)

郁郁yu yu的诗（上海卷）

病了

我消瘦的身体，不知不觉
如同我一年比一年萎缩的激情
言语和思想种植在心里
你们无法听见我跟自己争斗的声音

静下来，数落床底下积满灰尘的鞋
它从前走过的路途如今已是一幅油画
你们在休闲的时候，欣赏
或者议论着它的价值

生活在这个黑白颠倒的世界
谁想承担思考的分量
上帝就会在一笑了之之间沦为轻浮的女子
投入你们贪婪的怀抱

连××也可以调情的年头
我能健康地成为你的风景吗
这是一种怎样的精神瘟疫呀
恣意扩散，像洋洋得意的癌

我疼痛的情感,纷纷扬扬
如同今年的一场大雪
覆盖了往日所有难堪的记载
你们还有脸矗立在我的坟前么

(原载微信公众号《智岚 JASON 视文采风》2017 年 4 月 5 日)

张春华

zhang chun hua 的诗(上海卷)

地上保留最好的建筑

是庙宇和教堂
进入的人们　始终络绎不绝
每根柱子均挺拔向上
留下通天的悬念

从古希腊城邦的圣殿
到北美大陆　银白的摩门尖顶
从唱诗班童贞的眼眸
到香火缭绕的木鱼声声

这里是苦难的出口

是灵魂不断向上跋涉的驿站
是罪恶再一次囚禁的牢笼
是肉身短暂歇息的所在

头顶上　银河时隐时现
神与魔的对话才刚刚开始
而暂时平静的
是这炷台上的半寸烛光

我跪拜时光的翻转
向路过的神灵　打听归途和秘道
乞求瓦砾崩塌前
终止地狱之火点燃的时辰

（原载《太行华语文学》2017 年第 3 期）

剑男 jian nan 的诗（湖北卷）

母亲的镜子

母亲厢房的柜子上有一面镜子
在母亲离开老家后的很多年
它一直摆在那里，像一枚孤单的月亮
这种联想源于那些年的乡间生活

干净整洁的母亲在庭院纺织
月亮像一面镜子
从东边的厨房移到西边的厢房
母亲可能用镜子整理过凌乱的头发和衣裳
但我想月亮也是她的一面镜子
用来整理自己的落寞的心绪和忧伤
那么漫长的秋夜,母亲
一定在月光下洗过她的愁容
也一定躲在月亮后面擦拭过生活的污渍
镜子的光洁和锈痕在时光中
把母亲送到暮年
我相信除对充满劳绩人生的
无怨无悔之外,这样两面镜子
也是她一直保持着干净整洁仪容的原因

(原载《人民文学》2017 年第 5 期)

李以亮 li yi liang 的诗(湖北卷)

石漫滩之夜

我们从遥远的地方来。石漫滩,遍地石头
世界从来不缺少石头,我心里就有一块

风把我们吹得近了
如果我攥紧拳头，你会钻进我的手心吗？

水库倒映着城市的夜晚，银河倒映着你我
我捧起你的脸，记得我对你说："失而复得也是幸福……"

（原载《中国诗歌》2017年第6期）

毛子mao zi的诗（湖北卷）

清单

急需一对马蹄铁
急需一副轭
急需一根
老扁担

急需警报
急需盐
急需鸡蛋，急需更多的鸡蛋
去碰石头

急需纱布，急需手帕
急需一块跪下来的
毯子

多么紧缺的清单,容我用它们来建设
容我像一台报废的发报机
慢慢消化
来自禁闭室的声音

(原载微信公众号《诗歌音像馆》2017年6月27日)

谈骁 tan xiao 的诗(湖北卷)

父亲和我们说起未来

停电了,山村漆黑
炉子里有火,不够照亮房屋
但安慰了围在炉边的人

父亲在炉子上烧一壶水
屋里更暗了,父亲说话
伴随着水壶受热的声音

夜晚适合说说种植
黑暗中适合说说田野的事
玉米抽穗,土豆长大
再有几个晴天,烟叶就会变得金黄

种植是田野唯一的承诺
这个夜晚，一切种植都能收获

水开了，父亲提走水壶
他脸上有语言留下的希望
炉火闪烁，这希望几乎在闪烁中成真

（原载《长江文艺》2017 年第 3 期）

熊 曼 xiong man 的诗（湖北卷）

夜读 《萧红》

她感觉到饥饿
于是往体内塞进
异乡，书籍，药片和男人

借助这些
她得到了短暂的慰藉
那时她年轻
只信仰爱情

后来她走在人群中
看见每一个婴儿

都像她杀死的那个
落日盛大
但不再带来安慰
更像是某种忏悔
在每一个黄昏
等待她迎头撞上

她带着忏悔
行走在人间
她是自己的
一小片阴影

(原载《长江文艺》2017 年第 9 期)

余笑忠

的诗（湖北卷）

给无名女孩

没有比死亡更赤裸的
洪水退去后，躺在淤泥上的小女孩

泥沙遮住了她的双眼

她张开的嘴型仍在喊着：妈妈

苍蝇
比她的亲人更早找到她
如果，她还有亲人

在羞耻中活着
多么难。鸣蝉过枝
从鸟雀的欢歌中，我辨认出
寒蝉哀鸣

（原载《长江文艺》2017 年第 1 期）

张洁 zhang jie 的诗（湖北卷）

怀古

告别。落日西坠，江河东流
曾经是，土成了城；现如今，城成了土
东山梅脱了刺，西山刺生了梅
风干的野果，护卫了核，牺牲了皮

冬日冷冽，笑声稀薄
伸出去的拳头迟延了三分之一秒

迷失于空荡荡的竞技场
夜归之人,遇见冰,一群白莹莹的鬼
正悄悄浮出水面

(原载《鹿鸣》2017 年第 8 期)

张执浩

zhang zhi hao 的诗(湖北卷)

被词语找到的人

平静找上门来了
并不叩门,径直走近我
对我说:你很平静
慵懒找上门来了
带着一张灰色的毛毯
挨我坐下,将毛毯一角
轻轻搭在我的膝盖上
健忘找上门来了
推开门的时候光亮中
有一串灰尘仆仆的影子
让我用浑浊的眼睛辨认它们
让我这样反复呢喃:你好啊

慈祥从我递出去的手掌开始
慢慢扩展到了我的眼神和笑容里
我融化在了这个人的体内
仿佛是在看一部默片
大厅里只有胶片的转动声
当镜头转向寂寥的旷野
悲伤找上门来了
幸存者爬过弹坑，铁丝网和水潭
回到被尸体填满的掩体中
没有人见识过他的悔恨
但我曾在凌晨时分咬着被角抽泣
为我们不可避免的命运
为这些曾经以为遥不可及的词语
一个一个找上门来
填满了我
替代了我

（原载《长江文艺》2017 年第 6 期）

张好好

zhang hao hao 的诗（湖北卷）

爱上孤旅的河

生在额尔齐斯河的右岸——清苦人家的选择
一九七五年，木头浮桥的右边，大桥上的花纹
刚刚描画好，桥的栏杆在四十年后饱浸光阴；

喜欢伏桥的人，一遍一遍记起，炊烟里的温柔
那隐含的神伤，也成为悄悄的美德。手艺人家
的孩子，就这么降生、并匹配了暗夜里的马灯
像一条洁白无瑕的蛇，辗转于越来越大的未知；

听……河水如诉，风穿上清凉的衣裳时时来知会
这川川而动的河，它只做一件事，去往西伯利亚；

河谷人家小心翼翼，清贫如花纹，面容肃穆忧伤
他们当年的仗剑走天涯，所以会爱上这孤旅的河；

那腾挪展跃的小黑鸟儿，去了对岸，又切切回来
如果人生只用一个方式活着：

比如面容清新远眺
遇见一个理想中的自己；惊艳于一个所遇之人
纯洁的呱呱坠地和说再见——都是河这教母所教——

它听见了西伯利亚暴风雪的怒吼，追逐而去永不回头
它温婉的身子，多少甜蜜的生灵树木白云朵沐浴其中。

（原载《中国作家》2017 年第 5 期）

解jie的诗（湖南卷）

宋朝的光线

当我们好奇走进果园拍照
有了偷摘冰糖橙的想法，我们没有摘
那样可耻，我们宁可选择在果树旁
撒尿，总比偷高尚：
我们这样高尚了一整天
当我们好奇走进理发店拍照
请刚下楼的妇人当一回模特
妇人端坐在旧式理发椅上，我们从墙壁上
的镜子里拍，妇人还转过身来
依在镜子旁，做着娴熟的吹长发动作
前提是妇人必须把旧窗打开一些

让宋朝的光线从古街照进来
除了文昌阁,过往步瀛桥的古人和今人
我们还拍标有价钱的喜鹊的鸣叫
拍土地里蜿蜒的白色长龙和保护伞
我们若要拍下全部的宁静
重点拍拍长满白硝的旧墙,木门和锁
门当,青石板路,三只打闹的小狗
惜字塔,暖阳下带孩子的小媳妇们
拍拍围堤之内李白和杜甫的月下对话

(原载《湖南文学》2017 年第 5 期)

李不嫁 li bu jia 的诗(湖南卷)

我忍住疼痛,像一片阿司匹林

是真的老了。远处的事物越看越清晰
眺望落日,总能揉出泪水
我不是真的哭泣,只是感觉眼里常含沙粒

有时候,我也不是真心想睡觉
但一坐下去,听着人间的杂音千篇一律
就忍不住眼皮沉重,而且,越是鼎沸越安稳

是真的老了！去年冬天在广西
我威胁同伴，谁吃狗肉就跟谁绝交
我不是动物保护主义者，
但曾经像狗一样屈辱，被呵斥，被棒杀
所不同的是，我能忍住疼痛，像一片阿司匹林

（原载《星星诗刊》2017 年第 6 期）

梁尔源

liang er yuan 的诗（湖南卷）

拉卜楞寺的红袈裟

行走的僧侣
披着宽厚的红袈裟
裹走了尘世杂音
吸附着人间的锈色
神秘的殷红
不知过滤了多少红尘俗事

草原静脉中蠕动的血色
没有跳跃 冲动 翻腾
在雪山冷藏的虔诚里

积淀着太阳溢出的高原红

裹着佛堂的那卷经书
牵动行走的牛羊
好似草地吐出的经文
一张张高原的脸
是离神最近的笑靥

灿烂阳光将红袈裟
辉映成高原的红玛瑙
我蛰伏在佛的胸中
修炼成一只
纹丝不动的昆虫

(原载《扬子江诗刊》2017年第1期)

刘起伦 liu qi lun 的诗(湖南卷)

在寂静的雨天怀人

在寂静的雨天怀人
是件让人羞愧的事。道理很简单
因此我将自己从往事中赶出
像斯多葛派人那样,过有德的生活

就是伫立门廊下望天
寻求心灵与上帝之间最大的熨帖
而我与上帝间的距离
永远无法计算
只能把靠我较近的事记录下来
譬如天空像一件发着暗光的绸衣
风吹动,露出两只飞鸟的纽扣
更近处,是电动剃须刀正在充电
红色指示灯,像一只意味深长的眼
暗示我,这么多年
它总是以最大的耐心
等着我的胡须生长

(原载《天涯》2017年4期)

罗鹿鸣 luo lu ming 的诗(湖南卷)

我想活得像一朵云

我想活得像一朵云
这朵云,最好活在高原的蓝天
孤单,自由,而不失高洁
即使有一点放荡不羁
也是在天空的宽恕以内

没有强大的云海,作为组织
更不要厚重的云层,当作后台
向往一种简单的幸福
使姿态也变得简简单单

不管群山是否仰望
不管江河如何评判
不管方向是否分为西北东南
哪怕就要消散于无形
也保持一种对天空的忠贞

(原载《天涯》2017年第4期)

吴投文 wu tou wen 的诗(湖南卷)

你说什么都是什么

你握着我的手
颤抖着,不容易握住
我与你对视,缓缓转向世界的静止

空气碰撞空气
敞开的门挡住你的背影

风把光线晃得稠密,让我站住

你说什么都是什么
我们握着手
站在彼此的黑暗中低泣

(原载《大家》2017年第1期)

邹联安 zou lian an 的诗(湖南卷)

一棵树,一只鸟

偌大一栋楼
就我一人
盯着窗前的一棵树
这寂寞
不单是我一个人

偌大一棵树
就它一只鸟
在枝丫上留守
这孤独
并非它一只鸟

大千世界
天地苍茫

（原载《风雅》2017 年第 2 期）

陈伟平 chen wei ping 的诗（江西卷）

在白云禅寺

枯荷入定之前
山巅上那朵白云
撞响钟声

寺院空阔　寂静
只剩下几株野菊
断若游丝的心跳和呼吸
霜风歇在菩萨肩头
一枚叶子落下
又一枚叶子落下
你虔诚仰望
躬身自省

身后的众神
不悲不喜

面无表情

(原载《诗歌周刊》2017年7月1日第267期)

程维cheng wei的诗（江西卷）

述怀帖

我只吃古今英雄好汉的醋
其余的我滴酒不沾，黄河巨大的旋涡边
总有英雄好汉在痛饮，令我自愧莫如
坐在窗前看黄昏，一车兵器，和一飞机的血
也是这时在落日下见面，不避官军与闲人
我不必遮掩什么，将自个伪装成好汉

我把好诗题在美人的裤裆上
胜似题在粉壁上百倍，比发在诗刊上强多了
我一生只在找一个读者，其他的都属多余
十几亿人读一首诗的年代已经过去
我只想在她的床上出名，也只要这一世的声名
其余都是浪费

我上拜天，下拜地，头碰膝盖拜父母
其他我谁也不尿，尿谁也是给人增添负担

那些斗大的官用火车拉也拉不完
我怕我一拜下去,他们就会车毁人亡
这有损我的慈悲之心,菩萨说:放了他们
我就一向这样站直了做人,算是慈悲为怀

在地球上我没有敌人,与我为敌者皆不屑
我宽恕他们。除非来了外星人,我挑灯夜战三百合
打死数枚飞蚊,才能睡个好觉
坏蛋或许睡得比我更香甜,在三妻四妾的厢房里
他就是个扛大活的长工
一条劳碌的命,不会比我好到哪里去

(原载《百花洲》2017年第2期)

大枪 da qiang 的诗(江西卷)

威海孔庙

这是今天写得最晚的一首,它重
每个字都很重,我是一个文化人
我习惯在城市没有醒来的时候写重的东西

比如孔庙,文化宇宙中神秘的方程式
无解,又有解,这么多朝代过去了
庙宇拆了又建,建了又拆,没有人需要负责任

每个人心里有一座孔庙,建与不建都在那里

但它还是竖起来了。在威海,城市的阳台上
孔庙最先接触到光,人们开始起床,洗漱
更衣,晨练,上班,开始井然有序地生活
一个人如果从清早就接触到孔庙,眼睛就会干净

我有理由相信,整个城市的人都去看过它
客旅3天,我也去看过,我所处的城市没有孔庙
来威海的人都想看一眼,然后把它装在心里带走
这是孔庙的神秘,再说,谁不想自己的眼睛干净呢

听讲解员说,威海人有两座海,一座是威海
另一座是孔庙,同时能在两座海里游泳的人
他们是幸福的。听明白了这一点,我像一个
取经的人,带着二分之一的幸福,离开了威海

(原载《威海日报》2017年7月13日)

樊健军 fan jian jun 的诗(江西卷)

我在45度的山坡上遭遇这些

我在45度的山坡上遭遇这些——
一场春风让草木越来越清晰简约

所有灵魂呈 90 度角生长
我们彼此对视,可见深处的幽暗和无邪
一双透明的翅膀在欢爱
匍匐在地的苔藓充满信念
每种修行的事物都身怀巨力
这山河深处的茶园像座教堂,所有命运
都浓缩于一叶之上

不知为何突然想起我的母亲
如果她也在这里,她怀里的《圣经》
一定是山坡上最光亮的部分

(原载《青岛文学》2017 年第 9 期)

林莉 lin li 的诗(江西卷)

轮回

我想好了,今天
就按老树底这个村庄的样子
好好细碎地再长一遍
让看见的人
从此有了全新的欢喜

风把眼前开着的油菜花吹高
当它落到几个坟丘上
多少人间事
就一一低了下来

……生死敞开
我不知道究竟要错过什么
才能摸着石头在河边坐下来

痛苦也是绿色的
几乎等同于薄暮中埋伏着的虫鸣

（原载《诗潮》2017 年第 6 期）

圻子 qi zi 的诗（江西卷）

具体的孤独

他整整一生都在漂泊，我不曾有
当雨季的窗户紧紧关闭，远方正打开风暴
为一个颤抖——

说起来，我也有过孤独
父亲去世时，我曾把一堆土盖在另一堆土上

那一夜,风雨交加。后来
写诗,持续了一些年

在我身上,这些孤独很小。就像
一棵树掉光叶子,一粒感冒药等着被吞咽
或者只是一个夜晚,雨打在玻璃上

这是相距许多年后的夏天
时间带走了喑哑的喉咙
人世依旧诞生孤儿,我的生命尚未结束

(原载微信公众号《扬子江诗刊》2017年7月27日)

钱轩毅 qian xuan yi 的诗(江西卷)

月夜蟋蟀

薄薄的月光,比无骨秋风
更像一匹绸缎
蟋蟀,这位草根琴师
坐于绸幕后挽袖而弹。曲子
有着丝帛的古味

其实,我更愿意把蟋蟀
比作摇着织布机的古典女子

唧唧、唧唧，用绵绵情丝

织出一天一地月色

从院落翻墙而过

从脚下一直铺到唐朝

铺进谁家公子的心跳

如此秋夜，蟋蟀铿亮的叫声

多了一层金属况味

让我不由想起，多年前

管仓库的移民老爷子

不停地摇着明晃晃的钥匙串

戚戚、戚戚戚……

敲打着老家的民谣

此刻，他的墓碑

正好立在蟋蟀的叫声中心

（原载《黄河文学》2017 年第 8 期）

山月 shan yue 的诗（江西卷）

纪念日

这把吉他，三年整

今天是它的周年纪念日

我要祝福它
又躲过了命运的劫难
我要鼓励它
继续抵抗着生活的拉扯
我还要把这一天
当作节日来过
给一把吉他买礼物无非是
纵容它断掉哪根弦都没问题
断掉的地方
新弦出现在那里

(原载微信公众号《诗日历》2017年10月3日第1445期)

王彦山

wang yan shan 的诗（江西卷）

等245路公交车不至

245路公交车，始于贤士二路
止步红谷新城，每日夜伏昼出
与人类同步，一颗强大的国产心脏
让它在这座省会城市自如地来去
25站，秋风扫落叶般

把站台上的人扫进车里
又沿途吐出他们,吐出以后
已跨过一条大河,而水也不改其志
油门一踩就到下游和长江汇合了
我被借用至大河对面办公
遵从发动机的意志,每天上车下车
出入其间,245路公交车
如万物之逆旅,我从车窗望向
这一河春水,是百代之过客

(原载《天涯》2017年第4期)

渭 波 wei bo 的诗(江西卷)

秋天:如果

这个秋天,总有一片雾霾挡住阳光
涂改天空、土地、野果和
不可复制的暗伤

你是否看到,卷入秋天的那群疯子已经
抬高了疯人院的台阶
已经挤进了另一群疯子把持的铁门

如果没有一扇铁门切割了草垛的温度　残花的本色
如果没有一钵花草趴在都市的窗口
那么，这个秋天所悬浮的秘密
早已不是荧屏上的颂词　戏班里的道具
被口水粘贴在纸张的梦
被寒风反复剪除的纸屑
你也不是蜷在乞丐手心的
那只一再空无的
碗

（原载《星星》2017年第4期）

左拾遗 zuo shi yi 的诗（江西卷）

终南山

喜爱一座山，和它的名字。从唐诗开始
它的春景，它的幽深
它的隐喻
以及，北纬34度、留下的闲笔
小剂量的芬芳，和自以
为是的风光

一个人，在内心慢慢豢养了四十年的

来路或归宿
只为，与一座山见面
拥抱或，促膝交谈

到了终南山。"真的，不想走了"
山上的雪花
一片一片，幻如
佛前的蒲团，坐满风声和空相
一个人，向流水问禅
在口语里
露面。过亦官亦隐的生活
进也踟蹰，退也沧桑

站在，汉字的风口。一座山，转身
落泪，擦光了
时光的偏旁或纸巾
大地，只剩下
私奔的炊烟
鸟鸣，拖动孤寂的
光芒。今夜，深一行，浅一行，居无定所

（原载《诗刊》下半月 2017 年第 5 期）

冰水 bing shui 的诗（浙江卷）

失眠之夜

——我想回到古代
毛笔代替钢笔。绢帛代替纸张
用永和九年代替亲爱的

偶尔竹篮打水。《诗经》里寻找
一个个熟悉的故人
在水之湄，河之洲。他们采葛，采蒿
摽有梅时，他们投我以木桃

我虚设一曲声声慢，虚设
郎骑竹马来。把半夜的耳朵放在昨天
不听闲言碎语
像贞女的荒原遗世独立

（原载《飞天》2017年第7期）

方石英 fang shi ying 的诗（浙江卷）

野罂粟

离别三天三夜了
脑海依然全是你
孤独的身影
在古城岛寂寞的午后
麦子低头认错
江鸥不紧不慢地飞
一场临时安排的太阳雨
让我记住你的前方
有几间荒废的木屋
和你一样置身历史之外
风中无数的野花
我一眼认出你
在无数的野花中
我只会喊你的名字
原谅我没有留下陪你
也未能带你一起离开
此刻我在江南
心底全是你的味道

（原载《诗刊》下半月 2017 年第 8 期）

黄亚洲

huang ya zhou 的诗（浙江卷）

山西高平：炎帝陵

我要
代表我吃过的所有的稻子、麦子、小米与红薯
给你下跪。还代表我服用过的
所有的黄连、当归、金银花、鱼腥草

给你下跪，代表所有的柴灶、磨盘、擀面杖、电饭煲
代表所有的药罐、药汤、理疗仪、中医院

实际上，从跨入始祖殿的那一刻起
我就感受到了你痛楚的舌头与牙龈
那里肯定肿过、烂过，鼓起过一个个的大包
一些红花与黄花，以溃烂的形式，绽放于
你的口腔

现在，满大殿都是金光闪闪的匾额
"始播百谷""泽福苍生""功同宇宙""保我民安"
显然，这是大地的谷粒灌浆之后，在阳光下的颜色
这是黄河的脸色与中华民族的气色

炎帝陵碑为明万历三十九年所立，这是
国内发现的最早的"炎帝陵"碑
因此我下跪之时，就听见了里面真切的呼吸声
我相信这声音

这声音我太熟悉了，那夏日与秋日
稻穗、麦穗与风的合奏，就这节律
那药罐子煮了三小时后所冒出的嘶嘶的声音
就这节律

(原载黄亚洲诗集《路迢迢水长长》2017年3月版)

江离 jiang li 的诗（浙江卷）

天真的经验

那个孩子，沮丧于没能捉到蜜蜂，
他的玻璃瓶仍是空的，
因此，晚上他的梦中盘旋着蜂群的嗡嗡声。

也许在未来他会有一片油菜花地，
甚至，成为一个养蜂人。
谁知道呢，在数列般漫长的生活中，

究竟是有趣,还是失望多些。
现在,一切似乎都是新鲜的,
他对世界的想象局限于小镇的车站外。

他还没有成为自己的骑手,
还没能控制雨水的缰绳,
而他将在错误之中捕获经验,那有限的一跃。

(原载微信公众号《诗歌蜡像馆》2017年8月8日)

蒋立波 jiang li bo 的诗(浙江卷)

肖像: 献给马尔克斯

第一次,不眠的星辰认可了你的长眠
你使用过的魔术仍在迷雾中闪烁
那张服膺于虚无的脸上,曾密布城镇、山川
以及永恒的悲伤,灾难的风暴中哭泣的
野鸭。迷宫已让你厌倦,你只渴望成为一种
元素,成为世界的本质的一部分
成为你从未写出的一本书中隐匿的文字
像岩石内部的淙淙流水,只为神捏出的嘴唇准备
你躺在贫穷的尘土中,尘土一般安然
成为整体的一部分,成为空出来的一行

士兵笨重的皮靴再也踩不醒你的梦
唯有你留下的声音,还在书页里呢喃
你派遣的影子还在墙壁上读书
你用心血喂养的蚊子,在闷热的午夜扇动翅膀
向墨西哥城环形剧场空空的椅子发表演讲
像克尔凯郭尔笔下的克利马科斯所说
"我没有学问可以提供",你也不准备
提供担架,对于混乱、匮乏、不可救药的现实
你只负责提供另一种炽烈的"现实"
你留下的冰块,依然在遥远的大陆闪耀
行刑队的枪口,滚烫,余烟袅袅

(原载《江南诗》2017 年第 3 期)

流泉 liu quan 的诗(浙江卷)

竹枝词

一亩薄田的江山是一块碑
剪下的明月,一半竹枝,一半暮色中的旧经卷

所谓南山,不过是书生打马,与娘子相遇
一片竹叶,奏响了另一片

(原载《诗刊》下半月 2017 年第 6 期)

慕白 mu bai 的诗（浙江卷）

四月七日遂昌逢刘年

前年镇雄见，去岁在北京，今日遂昌
刘兄，你有一颗帝王的心，骑士的精神
可江山如此不堪，人民总是缺衣少食
你从湘西到云南，为了生活，南辕北辙
衣袂粘满八千里路云和月，工业时代
诗人何为，八百里加急，魏晋已远
归去来辞，春山易老，生年不足百岁
你退守在一首诗里，笔耕天下，忧国忧民

李杜诗文，死可以生，不负春光
贫寒书生，情不知所起，钱塘江瓯江
江河入海，仙霞岭、九龙山、南尖岩，山川一脉
遂昌不是唐宋，牡丹亭外十里春风
姹紫嫣红，良辰美景形同虚设
理想的距离，文成到北京，野菊花开
这人间苦什么，不过情而已
汤显祖已经死去400年，扶犁播种
村庄看不见炊烟，班春劝农成了国遗
人生难得梅开二度，何必为真

南溪就在城里，南山却总在视线之外
人生就是一条小河，走着走着就分了岔
流水都有无形的鞭子，此去经年
戏中人游园惊梦，风吹春水
一往而深。你我真实人生，长亭更短亭
古来圣贤皆寂寞，有酒须尽欢
再误一回国吧，江山不过是一曲戏
小楼听雨，南柯一梦，流年似水
我只愿在江南与一有情女子厮守终身
为死为生，痛痛快快爱上一回
你且快马加鞭，返回你的京都与烟云

（原载《诗歌月刊》2017 年第 1 期）

桑子 sang zi 的诗（浙江卷）

恰如其分的灰

要当心光明与黑暗之间
那个吊着烟斗唉声叹气的人
他在大地褶皱处潮湿了眼睛
又在阴影里看清了事物本质

到处都是战斗的气息和不可限量的勇气

只少数人仍保留着暴风雨般可怕的固执
刺探着不明所以的春天

有一天,我们坐着火车挨着金黄的山脉缓慢地行进
穿过落日
那是我们一生一次的流浪
我们小心翼翼剔净深海鱼身上的刺
佐以伏特加烈酒

烦心事总是有
春天正四处找寻
一个洁净、光线充足又色彩鲜亮的地方
安放伟大的智慧

目睹荒原上一场大雪
目睹大鸟迷路
目睹一条河流入一只空酒瓶
太阳饮尽这瓶酒就冉冉上升
那么广阔,那么孤单

(原载《解放军文艺》2017年第6期)

云冉冉 yun ran ran 的诗（浙江卷）

窗前的木偶

我是安静的。
窗外，有很多叶子来来去去，
没有救活一滴水，
只能把枯黄还给时钟。
就是这个时钟，高高挂墙，藏起阳光的暗香，
用尘埃一遍遍覆盖我，一遍遍擦洗我。
我的确是安静的。站在窗台，
听小狗跑回农舍，听梧桐与细柳邀约，
听月亮落水，听鱼戏莲西。
这鲜活的尘世，
只有我一身尘土。
曾有一只蝶停在我耳畔，
长久的沉默，风轻轻卷起帘子的时候，
星星的假睫毛恰好落在我手心，有微光那么一闪。
但我仍然是安静的。
一个木偶学不来喧哗，
你听，窗里窗外，只听到钟摆的声音。

（原载《星星》2017年第3期）

康城 kang cheng 的诗（福建卷）

图书馆前

他不会像其他人
顺着下山的坡度轻快回家
他先在台阶上站立

傍晚最后的血红
马上就会消失
明天，不再是这云、光线

下了台阶，他也不急着骑车
凤凰树叶子失去光鲜
塔松还是那副愚蠢的柱状
那么多叶子焦灼

而后，车子在广场绕了两圈
重新支起在馆前
他从口袋里掏出烟
点燃，吸了一口，呼出
片刻的停顿
仅是因为人迹将散

渐渐显出空旷的广场

(原载《诗刊》下半月2017年第7期)

林宗龙

lin zong long 的诗（福建卷）

完整的妻子

午后夏日垂下的天皇岭，
像庞大的帘幕。
在一块种着金舌兰的区域，
荫翳的色彩学变化，
把我迷住了。
而布谷鸟的间歇性叫声，
令我清醒。
我在感觉一种：类似于
感觉的湿气。
在斜坡上，共存的碧桃
和建筑中间，
我辨认出了自我，
他不在那里，却在向我
传递过去的碎片。

好像我到过经验之外的谜丛。
在流逝的繁芜之中,
我重新获取了爱和自然,
带着我完整的妻子。

(原载《诗刊》上半月2017年第8期)

鲁亢 lu kang 的诗(福建卷)

洗手的神

他在我住的地方
靠着我的背
我们在厨房的地面
发现三粒鼠便

我要把鼠便扫进下水道
我这里没有,那找出一扇窗
或开开门,凿墙,他认为
这种虚构充满恶意。墙后是动物园
它们撕纸的声音盖过一切

他把我推进墙壁
铺满一地的黏液硬纸板

自己贴着自己缓慢地移动
设想那些惊魂未定的皮肉
翻滚并且效忠似地哀叫
他用铁棍顶着硬纸板卷起来
一个个颤动着堆叠起落

他在自己的时间里拧开水龙头
他清洗着双手
动作细致，凝视着
被水柱带走的手掌、心和身躯
以及身影轻微的一次抽脱之举

（原载《中西诗歌》2017 年第 2 期）

落地 luo di 的诗（福建卷）

隐士的果园

秋天枝头沉甸甸
那人
胡蹦乱跳
光着膀子满山跑
小雀雀吊儿郎当

此地都是他种下的果树

果实是活泼的

他坐在一棵树下说：

第一批果子
是摘下来的

第二批果子
是掉下来的

第三批果子
让它们各自腐烂在枝头

（原载作者博客 2017 年 8 月 2 日）

汤养宗

tang yang zong 的诗（福建卷）

祷告书

我一生都在一条河流里洗炭
十指黑黑。怎么洗，怎么黑。

我一生都在一条河流里洗炭
怎么黑,怎么洗。十指黑黑。

(原载《人民文学》2017 年第 2 期)

伍明春 wu ming chun 的诗(福建卷)

纪念

"铁栅栏插入土地的疼痛"
我曾经写下少年时代的夸张
四周的芒果树忙于附和
弥漫的花粉模糊你的表情
这是你的校园　你的操场
难以把握　纵然我渴望奔跑
却像一只惊弓之鸟　习惯于
期待箭矢危险的飞翔

"如何在空气中学习游泳"
居然没想到要采取哪种姿势
以避开人群中的暗礁
碧波里你激起的朵朵水花
仿佛在嘲笑我的轻狂
你和水之间结成的亲密关系

足以让陆地缓缓沦陷
让这首诗变得塑料一样轻飘

(原载《国文天地》2017年第7期)

徐南鹏 xu nan peng 的诗（福建卷）

如果长江的源头始于善

我和沿岸的人一同承恩
像每天承接阳光和空气
在这一点上，我和鱼，和苇草
没有区别。

我能够做的
是把别人给予的善意
作为火种，播种在荒原
世上的人，本来都是我的亲人

对我施的恶，我全部承接
并且镜见恶的根
无一不是长在自己身上

我要用许多时日
从身体的泥中，把它一点一点挖出来

并且用清清长江水
濯洗伤口

(原载《诗刊》上半月2017年第7期)

张文质

zhang wen zhi 的诗（福建卷）

模仿阿米亥的字迹

黑暗中到达的新礼，
国王站在后面，
天旋地转，我看过
墙内的水晶宫，
他仍会在午后起身
赶往宫中，
我最后见他时，
他面似满月，
正专心和小太监们调情，
他名字的意思是神迹。

有时他背着手沉思，
忘了自己身处何处，

灵魂就是纪念碑，
高耸而克制，
没有人怀疑他爱自己最深，
但他一直在发现另一个自己，
"无人能继承我的痛苦"，
侧耳倾听的人把身体
藏在两只手之间。

（原载微信公众号《反克》2017年6月9日）

庄伟杰

zhuang wei jie 的诗（福建卷）

南十字星空的蔚蓝

关于蔚蓝，南十字星空从未轻易说不
哪怕常有几朵白云在它身边晃悠
或者飘荡，演绎消逝或归来

在海天一色之间，那些前来观光的游人
为此交口赞叹，甚至禁不住向蓝天敬礼
那么辽阔的南十字星空，总是

以沉静以高远，回敬微微的笑意
这天空真的好，亘古原貌的好
连大海也主动与它相映成趣
令人好奇又叫人惬意的，真好

天地各有其运，各有其景其情
彼此相互守望，唯景色完好如初
这应是这片蓝天的品格吧

当我无意间抬头，望一望
再读一读眼前阳光的人流，阳光的欢乐
小小的心城，似是披上一抹纯蓝的静美
连寂寞和孤独，也变得辽阔起来

学会欣赏，且懂得珍惜真好
感谢这片天空，也感谢这片大地
固然同属于异质，却以开放姿态
收留我的流浪，在浑浊的世界

哦，南十字星空的蔚蓝
蔚蓝了我们，共享在同一片蓝天下
以飞鸟的逍遥，守住虚空和自由
怀抱宁静，或者归于无限

（原载《中国诗人》2017年第3期）

非亚 fei ya 的诗（广西卷）

爱

我抓住你的手
轻轻地按了一下
我的手指和手掌，给了你肌肉和皮肤一点点的力
你动了动，呼应着我
我知道这时
你的力和我的力，正透过各自的皮肤
和骨骼，已经悄悄地
叠加在了一起

（原载《广西文学》2017年4期）

黄芳 huang fang 的诗（广西卷）

那只猫

午夜
失眠者在 8 楼天台上
看黑暗层层叠叠
一只猫在不停地叫
凄厉，荒凉
它有什么样的毛色？
乌黑？灰斑点？
虚构的钟声响起时
失眠者用铅笔在一行字下画线
"灵魂的重量是 21 克。"

远方的父亲正在疼痛
疼痛的重量多少克？

风一阵阵吹过
吹过屋顶，拍打着窗棂
咣当，咣当
失眠者用铅笔写下
"她敲响了虚构的钟声。"

便坠入黑色大海
不再扑腾
那只猫在不停喊叫
凄厉，荒凉
或许它一身洁白，恰好
21 克？

(原载《广西文学》2017 年第 5 期)

刘春 liu chun 的诗（广西卷）

最后的夜晚

十月的最后一个夜晚
我和妻子开车沿桂柳公路往南
赶去四百公里之外的乡下
见她父亲最后一面
天下着小雨，前路昏暗无边
对面车道上
偶尔有货车驶过
我在和妻子有一句没一句地说话
在雨中张皇前行
不知从什么时候开始
对面车辆越来越多

灯光闪得我眼角酸涩
妻子开始沉默
我的眼泪流了下来

(原载《草堂》2017年第8期)

刘 频 liu pin 的诗（广西卷）

俘虏

我押解着整整一个连的俘虏
在硝烟未尽的路上
我大声喝令着，弄得尘土飞扬
只有我一个人挎着卡宾枪
他们受伤的枪，藏在心里
昨天还在和我争夺生死胜负的敌人
在沉默和敌意中挪动脚步
他们的眼睛放大了我的枪口
不知道从什么时候开始
我在这群俘虏强大的耻辱里
渐渐地耷拉下头，像俘虏一样走着

(原载《广西文学》2017年第6期)

陆辉艳 lu hui yan 的诗（广西卷）

强迫症

那个手提两袋垃圾的人
步子飞快
她把它们扔进垃圾桶
"钥匙……"她喊了一声
转身走回垃圾桶旁
两个垃圾袋被逐一打开
露出里面的内容：水果皮，旧牙刷，纸巾
碎瓷片，几个空的易拉罐
她重新扎上它们
这次她走远了
如果她再次转身回来
跟我预想的那样
重复打开那些生活的废弃品
寻找一把旧钥匙
我写下的，将会是这样：
她徒手拆毁了时间
最后将自己缝合

（原载《十月》2017年第2期）

罗晖 luo hui 的诗（广西卷）

春天的模样

可爱的春天
昨夜刚醒来
一副怜人疼的小模样
叫着冲进早晨
笑声吵醒了鸟儿
时光还早　世界还早
春天不急着走开
荒芜的大地长出了色彩

春天的绿　是出了名的
它喜欢江南的水乡
累了　就会拒绝远行
守在那里
一棵树连着一棵树
一片田野连着一片田野
变成了春天的信使
长出碧绿的嫩蕾
吐出沁入心脾的清香

春天怎会这样美？

开始是花瓣
后来成了蝴蝶
在树林里上下翻飞
忙碌的乡亲
采桑播种
算计一年的收成
牛背上的牧童招呼着
把美丽的春天
带回了家

（原载《读诗》2017年第3期）

田湘 tian xiang 的诗（广西卷）

小草不是风的奴仆

小草是风的语言
而不是奴仆
它用身体的语言说出风
它倒下，是让你看到风的方向
而不会像树枝折断自己

风没有故乡也没有离愁
而小草有，它有一厘米的国土

它害怕离别
它生在哪里，就会死在哪里
它会让你看到它的骨头

小草有翅膀，但从不飞翔
正如石头有门，但从不打开

风想带领小草云游世界
小草只在风中摇曳
但绝不随风而去

请看
小草的腰如此纤细
却能与十二级台风共舞
风给予的一切
它都能承受

（原载《诗选刊》2017 年第 5 期）

艾子 ai zi 的诗（海南卷）

我想去祖国的西部

我想去甘肃

像向往流浪的青年一样
一部年近中年的火车
带着它冒烟的热情和迷惘
呜地一声——
穿越温润的江南
时装 夜生活
直抵风沙撕扯皮肤的中部

我想去兰州
去张海龙的散文
去那块地图上像一根坚硬的骨头
牢牢抓住大地的地方
去那座酒精里泡大的城市,去像兰州人一样
手捧海碗　红油激荡　牛肉片漾动
兰州拉面
轻轻松松就把难心事解决了一半

我想去乡村镇原
去到郭晓琦的诗歌
看背着一座山的男人
怎样爬上另一座山
一张冒着热气的生羊皮
怎样骑在树枝上舞蹈和唱歌
听汉子们吼一声秦腔
一道荒芜的鹞子岭
怎样荒芜着时光

途经张海龙和郭晓琦的文字
我最终想去甘肃西部的戈壁滩
我想让沙漠见证,这个独自抵达它腹部的女人
比它更孤独
所经历的岁月比它更荒芜
所剩的青春

与它的沙粒一样粗糙
即便这样,她仍需像坚硬的西部一样
大碗喝酒　大块吃肉

(原载微信公众号《海诗刊》2017年5月17日)

陈波来 chen bo lai 的诗(海南卷)

丁酉年初, 候高作余归北

你看,我已在出海口安下心
我也在数看来去的外省车辆,天上的鸟飞作
候鸟。轮渡呜呜呜,像哭,也像压抑的笑
我备下的酒保留黑白片时代的样子,暗中集合了
高酒精度的燃烧。不烧不足以让
我俩在称之为酒的水里,抱成兄弟
如果再往前看一看,还有挂在玉林的
丙申年的香肉,一字排开,被明火执仗地
撕下外衣。一起哭的,还有湖南锈才和甘肃乐子
哭其实是假哭,牺牲虽香飘案台,肉
却最适宜像诗一样,要在嘴里咀嚼
有滋有味,必须是找对了的人
他俩不定是谁隔了海在笑呢
不定是隔了肚皮唱歌,说来又不来

只你来,带着家小兜转了一圈
能够挈妇将雏重走一回旧路的人,多么有福啊
你看,我已在码头备了酒
一杯里有绵延归路,吞吐海峡与山河无数

(原载《现代青年》2017年第2期)

冯椿 feng chun 的诗(海南卷)

细雨湿梦

逆风而上的细雨,飘洒
胡椒丛结满串串辛辣的日子
一片片,让梦高挂
芊芊槟榔树干,又点亮了
鸡笼罩着的走马灯
以及一棵棵有花无花的吊兰

向东行走,顺势冲撞
细雨停歇于时光的尖刺
田野与荒原交替,织成梦
前方,今日乡农的愿望
旧时女特务连的足迹
呐喊一声声,随风随雨

散开，再滴滴潜入稻香

铺上了水泥地板的操场
晃荡穿着新潮的男女
上演女连长带兵的碎步
充满激情的演说
晚霞华容一片，椰林中
那一盏盏走马灯依然闪亮
为田园再生甜梦

（原载《诗歌月刊》2017年第8期）

韩芍夷 han shao yi 的诗（海南卷）

我与母亲

我每天都以惜别的心情伺候母亲
我为她洗澡、喂饭
我以为　我每天都做这些
就是每天都为她过母亲节

我每天都用毛巾为母亲擦脸
她颧骨上皱纹的纹理
已弯成了干枯的花骨朵

花朵的艳美早被我榨干
孝心的哺育得益于那花的芬芳

我每天都为母亲喂饭
那些黏稠的米饭
被送入一个空洞的口腔
吸吮汤勺的嘴唇努成的圈
在我眼里　已幻成婴儿的小嘴
在母亲乳房上的吸吮　在记忆里绽放

轮回的时光就这样不声不响
我与母亲颜容的置换
让时间的去向清晰明了
唯有母体里用血肉铸造的脐带
一寸还捋万里长

（原载《湛江日报》2017年3月4日）

乐冰 le bing 的诗（海南卷）

命薄如纸

和匆匆的人生相比
送葬的队伍是如此缓慢

无数的弱小者,在低低地哭
我必须忍住另一个悲伤的自己

当生命像一张纸被风吹走
天终于黑了下来

(原载《星星》2017 年第 4 期)

彭桐 peng tong 的诗(海南卷)

夏夜有声

关闭了阅读灯
耳朵的窗口自然打开

弹跳到夜的展台上的阵阵蛙鸣
隐没在夜的缝隙中的水滴
还有落在夜的最深处的午夜钟声
……
汇成了声音的交响乐

就在这声的浪潮起伏中
还游弋着音的点点浪花

——墙边小草拔节的微响
　　池畔草丛里虫子的梦呓
　　微风中树叶的呼吸
　　蓝天上星星的眨眼和聚焦
　　……

多声带的夏夜
竟然是个巨大而繁华的寺院
无数种声音和声音的子孙
合拢成一只佛手
捧起倾听者
敏感的心

(原载《椰城》2017年第8期)

佘正斌 she zheng bin 的诗(海南卷)

夜晚，或长调

自从我把雨水打包给春天
故乡所有的庄稼，都长势旺盛
一些枝条穿越夜的黑洞
月光淹没在，一个歌者的长调之中

一把锈迹斑斑的钥匙,始终
打不开一扇刚出土的门
那些旅居他乡者,都安排在天堂之外
如同一个侍者,我每天写诗编稿

她,或者他们,总以诗歌名义
在深更半夜,谈情说爱,谈古论今
一杯满满的红酒,在我的内心深处
愈演愈烈,仿佛要颠覆整个世界

(原载微信公众号《实力诗人》2017年8月3日)

许燕影xu yan ying 的诗(海南卷)

月光一碰就碰伤的疼痛

滥用了灰烬色泽
抵不住夜幕一点一点晦涩
白月光试图覆盖
那时候,你在海边歌唱
细软的沙,柔的波涛
怀抱心事忽明忽暗

海天一色锁不住天空

灰烬蓝一经出口
心中岛屿便开始倾斜
夜的暗语多么不安
海潮开始汹涌

向外辽阔再辽阔
忧伤、超度，岸和距离
搁浅的水草儿
越来越卑微的沉沙
怀抱月光，你的歌声开始喑哑

什么都可以轻下来时
再不轻易说蓝——
热烈后的灰烬，坠落前的深渊
一些月光一碰就碰伤的疼痛

（原载《福建文学》2017年第3期）

雁西 yan xi 的诗（海南卷）

祭敖包的早晨

祭敖包的早晨，你就站在我的前头
你没有发现我，风中吹来你的发香

遇见你,很神奇,有缘,像玫瑰
打开了天窗,打开了反复出现的梦

缘分就是这样,在不经意间就来了
我被奇幻的感觉麻醉了,飘起来了

在科尔沁草原,关于星星,关于爱情
没有玫瑰,只有狗尾巴草,只有你的笑声

我想对于心中怀着爱的人,狗尾巴草
就是玫瑰。告诉你吧,心动的感觉

就是被玫瑰的刺,刺了一下跳动的心脏
哈哈,就是被狗尾巴草中的狗咬了一口

一生中,碰到一次刻骨铭心的心动,
往往很难,我几乎不敢相信这是真的

要千年缘分才会有如此水到渠成
阳光下的舞台,秋天出现了春天

你引领了牧歌,也吟颂了诗歌
悲怆的马头琴再一次震碎了我的心

难道,难道爱神幻化成了你?
当黄昏的霞光出现的时候,是你

我以为只是敖包神境中的幻觉
可是,绕着敖包三圈之后,点燃香火

一切都点化了现实,缘分从天而降
在歌声中,在孝庄河边千遍万遍的吻

海子在德令哈为姐姐写诗,我在通辽
为你写,我喜欢这种见面会心动的感觉

（原载微信公众号《诗人文摘》2017 年 8 月 26 日）

衣米一 yi mi yi 的诗（海南卷）

夜雨

半夜的时候
下了一场大雨
我被惊醒
世界变得不一样了
到处都是响声
到处都是亮的
在一片漆黑中又响又亮

有越来越多的雨
从最高的地方
落到最低的地方
没有停下来的意思
神啊，你全知全能
为了改变这个夜晚

你动用了多么大的一笔财富

(原载《诗刊》下半月2017年第8期)

远岸 yuan an 的诗(海南卷)

孛艮地密码

孛艮地有个
神祕的符号
极度淡定
返璞归真
接近水
极简的表达
褐红色的神灵坐在那里
月亮般硕大而饱满的
水晶杯
一个肥美的身子滑向另一个
口腔里的飞行
最古远的诗句
穿越最高的那棵树
阳光在叶子顶端战栗
蘑菇云在舌尖上升起
万物沉睡

有人从窗台跳下
江河奔腾
站在岸上的影子
凝望或者呼吸
没有结局

(原载《诗刊》上半月 2017 年第 9 期)

阿翔 a xiang 的诗（广东卷）

天使的眼泪传奇

此处的微雨，用忠于你的方式，
确保比它还深刻的距离，随身携带的
暗夜，幽亮得犹如波浪的低音，
意味着它在你的生活从未误入歧途。

低于过早的落叶。直到你证实
我们的交流比饕餮的本色仍然有效，
也只有在提前的波浪中，探底
才能获得你更好的潜行。

从真实到虚无，其实超过了
全部的安慰。以至于你在想，麻醉

是暂时的，它在我们之间不参与
对世界的偏见。正如你看到的——

黑暗获得大雨的般配，一点也
不逊于天使的眼泪。其次，天堂
同样保持着黑暗的距离，群峰的致谢
仿佛你低头认出了你的源头。

遥远的味道始终呼应着记忆的
正面和反面，极少改变地貌的隐喻。
也有例外，在你对天使提出要求之前，
天使曾以眼泪照耀了你的照耀本身。

（原载《福建文学》2017 年第 5 期）

波儿 bo er 的诗（广东卷）

父亲的车站

墨色的清晨
飘着棉絮般的雪
铺着银白满地
随着渐渐靠站的列车
拉近着我与父亲的距离

站台上
父亲安静的站在那里
我看见
他的眼迸发出喜悦的光芒
流动着深情的爱意
睫毛上一排晶莹的冰渣
他呼唤着我的名字
嘴周还飘着白色的雾气
早已感觉不到寒意的我
更感觉不到出站人群的拥挤

是激动
是欣喜
断了线的泪珠
雀跃着的我
终于踏上家乡的土地
终于可以踏实地
拥在父亲的怀里

你走
我不送你
你回
我一定接你
这是父亲的语录
这是永远的铭记

这一幕的永恒
静得无声
听不到呼吸
这一幕的永恒
深深雕刻着泛黄的记忆
这是父亲的车站

一样的飘雪
一样的银白满地

(摘自《与相识无关》，长江文艺出版社 2017 年版)

陈陟云 chen zhi yun 的诗（广东卷）

黄昏之前

黄昏之前，我必须跟上光的节奏
强暗光之间的纹理，穿透内心和躯体
像铁轨，密集而没有走向
像阡陌，纵横而无法驻足
我必须寻找那些隐迹的影
它们湿润，凝重，伤痕遍布，遗落天空
我必须循声而去
让它们巨大的翅膀，在心间抖动
大洋彼岸，风一定是反向地吹
海浪的波纹和船只，都离岸远去
水天一色的岁月，是一张日渐苍老的脸
看夕阳西下，大雨来临
看忽明忽暗的光影交错中
一只疲惫的水鸟
越过重洋

亲爱的，抵达之前，我必须降落
今生太短
来世无期

(原载《中西诗歌》2017年第2期)

冯娜feng na的诗（广东卷）

陌生海岸小驻

一个陌生小站
树影在热带的喘息中摇摆
我看见的事物，从早晨回到了上空

谷粒一样的岩石散落在白色海岸
——整夜整夜的工作，让船只镀上锈迹
在这里，旅人的手是多余的
海鸟的翅膀是多余的
风捉住所有光明
将它们升上教堂的尖顶

露水没有片刻的犹疑
月亮的信仰也不是白昼

——它们隐没着自身
和黝黑的土地一起，吐出了整个海洋

（原载《诗刊》下半月2017年第1期）

黄礼孩 huang li hai 的诗（广东卷）

我爱它的沉默无名

菠萝地沾满夜气，星宿在上升
像密纹唱片发出的柔和之声
年轻的传说点亮了黑暗的爱
薄纱里的秘密悬在蜘蛛网上
草丛中那些听着自己回音的昆虫
身上已经覆盖了发亮的露珠

这郁葱的丘陵像蓝鸟起飞
对应着少女起伏的秀发
游弋的线条如时光的窃贼
盗来大海深处水草的梦境
又缓慢地沉入菠萝地里去

我的凝念由此而生
这无边缄默的菠萝的海
在它尚未被命名之前

我保存着这份空缺
只爱它的沉默无名

(原载《南方都市报》2017年7月17日)

黄廉捷

huang lian jie 的诗（广东卷）

河流的记忆

平静的河岸只有几处石头在张望
河流与孩子都有一样的颜色

南方的河流在唱诗班的小孩子嬉戏中欢唱
随着风让声音弥漫一处又一处

孩子的头发把河水带走
鱼虾，留在河坝石缝中

多年后，河流老了，河坝活着的是水浮莲

(原载《中山日报》2017年8月13日)

黄刚的诗（广东卷）

天堂里的龙井（外一首）

撕一片琐碎的光阴
擦洗灵魂
徜徉旖旎的天堂
斜倚小溪的藤椅
打量几片精致的叶子

陆羽说 那是龙井
明前或明后的龙井
爱或痛
胶着于杯子的炼狱
翻滚起舞 膨胀沉浮
过滤一生

据说龙井品第有五：
狮、龙、云、虎、梅
筛一杯清亮的东方神水
宋徽宗喝了 一脸惬意
乾隆爷喝了 满嘴清芬
每一壶

都盛着一个王朝的心思

白居易抿一口
苏东坡啜一口
滚烫划过唇隙
清凉之后 舌苔
氤氲着怎样的诗意

星与湖的交响
七星岩
点缀在琴弦上的音符
鼎湖山
镶嵌于弦底的共鸣箱

弹奏北回归
夏风薰薰星湖和鸣
七座岩峰
排作银河的北斗
一湖如翠
共振宫商角徵羽
聆听七个音符
听篆隶楷行草的韵律
聆听宫商角徵羽
听诗廊千年的回响

一捧庵堂的梅花
绽放着六祖的睿智
一方油润的砚池
盛敛人间的清正和

（原载于 2017 年 8 月 13 日《中山日报》）

冷先桥

leng xian qiao 的诗（广东卷）

此去经年

在文字里仰望
旧时光
高过天空　缓缓而行

揪得铁紧的日子
说过去就过去了
独留春暖花开的期待
发酵成酒
散发无穷香味

此去经年
一只小老鼠在墙角
窸窸窣窣
搬弄不留神的琐碎故事
木桌面斑驳的刻痕
怎么看都像是一部部
正在弹唱的曲子

此去经年

许多闲散的日子
金子一般沉甸甸

（原载《诗歌周刊》2017年10月7日第280期）

梁永利 liang yong li 的诗（广东卷）

夏日

虫豸用有限的视角观察大地
冰河消融，奇花异草茫然生长
高枝上，鸟翅之影俗不可耐

我不喜欢马脸，拉长夏日的一侧
听水牛的喘息是河水，是小木桥
父亲耕田，母亲种豆
一张张田埂剪纸
何时成为醉汉的面具

我喜欢井底之蛙
它是我的王子
夜间，它指认的那颗星
与故乡的位置坚定不移

（原载《诗刊》上半月2017年第7期）

刘郎 liu lang 的诗(广东卷)

在群里和李婵娟聊天

"我把整个火车所有车厢走完
太短了,只有十六节,
我决定重新走一遍。"
李婵娟这样说的时候,

我正打开一罐啤酒,
和中午喝下的一罐一模一样
我想告诉她,
等把这一罐喝完
今天就喝了两罐了。

最终,却并没有说出
我实在想不出来
这两件事情有什么关系
在这个间歇里
他们已经开始聊其他的话题了

不知道她有没有,又重新走了一遍
不知道火车,是否还是十六节

(原载《诗歌周刊》2017 年 9 月 23 日第 278 期)

谭畅 tan chang 的诗（广东卷）

女儿心

别动姑娘的自来水开关
廉价的金钱只够买廉价的笑容
紧闭双唇的忍受烧焦了眼睛
维持生存的劳动力木然再生

七雌一雄的经营团队令人惊讶
竞争着进贡是所谓的爱情
甜言蜜语的魔力远远大于想象
那些荒芜的女孩子渴望做梦

街灯的光圈切割着家的距离
受尽欺凌的他乡无处逃避
软弱的泪水只留给孩子
但绝不让它知道人生有多痛

身体如戈壁奔驰过马群
月牙泉和鸣沙山依然宁静

（原载《新诗路·诗人年鉴》2017年总第2期）

王小妮

wang xiao ni 的诗(广东卷)

含着月亮

被含着
很直的云彩像面条
后来散开了,又像膨开的旗帜。
不管怎样,云彩都要含着今天的新月
它们喜爱那块糖。

失眠的晚上,看着表针跳到第二天
终于最先看到了未来。

月牙在下坠
山谷中显现一拨穿黑袍的死囚
糖块忽然掉了,忽然发现前面是座牢狱。
不是人人都想被含着
紧抵着的
那是一把弯刀。

(原载微信公众号《诗日历》2017年7月1日)

晓音 xiao yin 的诗（广东卷）

歌德的时间

传说，您七十岁那年
还能在山顶的断墙上
看到您童年的涂鸦
由此，我非常地向往你的那些
在时光的旋转中没有褪去的画面
也许，在山顶的某个地方
所有的纬度都在为一些不被称颂的事情撼动
失去土地的农人
停止打磨的工匠
放下枪炮的士兵
在同一个时间里统统销声匿迹
而歌德，亲爱的
您的山顶，已经让我仰慕
几十年了

（原载《作品》2017年第8期）

徐敬亚 xu jing ya 的诗（广东卷）

放声大哭

一个人站在荒原，突然
不知怎么才好
伸出手，四面都摸到了天边儿
方圆百里
只有我一个活体

此时此刻，早已无法无天
想干什么就干什么
反倒不知干点什么
装扮国王或冒充盗贼显然太傻
想唱歌又怕惊动鬼魂

此刻最适合伤心，想来想去
一生没尽情做过的，就是哭
要哭，一定要放声大哭
怎么失态都没人看见
劝阻的人们，早已退到天边

想怎么伤心
就怎么伤心
要哭多久,就哭多久
让一辈子的眼泪全部流淌
和上千年的冤魂们一齐号啕

一定要哭得天地昏暗
一定要哭成大雨滂沱
眼泪哗哗流过的每寸土地
一根根荒草突然发芽

来吧,全世界伤心的人
让我们在这天赐之地,用眼睛
放声高歌
哭绿了一个荒原之后,再哭
下一个荒原

(原载微信群《存在客观主义诗界》2017年6月)

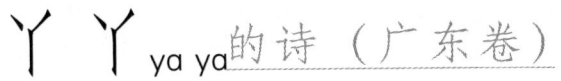

出窍

那个人骑着快马,从我身后呼啸而来

一手捷住我的软腰，掳掠上马
而后疾驰远去

尘沙满布的大路上
只剩下一个脱了壳的影子
待在原地

她坚持住。坚持不哭出声
尽力搜寻那个马贼的所有信息：
身材，发型，面相，服饰
左臂上的刀疤和棕褐色的牛皮马靴

后来，影子抱膝蹲下
泣不成声

（摘自《空日历》，花城出版社 2017 年 8 月版）

曾祥文

zeng xiang wen 的诗（广东卷）

云的眼泪

天上的云

比鸟随意
比风筝自由

忽高忽低
忽浓忽淡
变幻着颜色和形状

少不更事之年,我多么羡慕云
虽然我一直弄不清
云吃什么
晚上要不要睡觉

人到中年
某一天看天下着豆大的雨
我才领悟到
原来云也是有痛苦的
它的泪腺比人的发达
哭泣的声音也比人的大

(原载《诗歌周刊》2017年9月23日第278期)

张德明

zhang de ming 的诗(广东卷)

小秋天

秋天惟其小才让人怦然心动
抬眼望处,目光深处的茫然只是茫然
无法将血流速度提升
只有脚下的小草,瘦弱,枯萎
它们趋近死亡的身体,令人伤怀

窗前紫穗槐,默然无语
凄黄的树叶悬而未落
风一吹,歇满枝头的鸟语簌簌而下
伴随流萤似的唏嘘

岁月天马行空,满怀的凌云壮志
终难压住梦中的山河
真实的生命终将回缩脚底
日渐单薄的小秋天,手可盈握
才会催动身体内,喑哑许久的流泉

(原载《山花》2017年第5期)

赵金钟

zhao jin zhong 的诗（广东卷）

阅读母亲
——写给母亲82岁生日

母亲点亮自己，整整82个春秋
这82颗岁月，风云密布
失母
失父
失女
失夫
走一步，沉重一步
酸楚的重量压弯了来路

阅读母亲
阅读她爬满皱纹的82页
页页都是箴言，是爱，是财富
这浅浅的82页，不是海峡
　　是浩渺无际的海
这淡淡的82页，不是萤火
　　是燃烧不尽的光

这 82 页，不浅，不淡，不呻吟
全是追问岁月的呐喊

在昏暗的灯光下
我阅读母亲
页页都是眼泪

（原载《贵州民族报》2017 年 7 月 21 日）

赵目珍

zhao mu zhen 的诗（广东卷）

在妇儿医院

连续几日，在妇儿医院
我看到烂漫的吊瓶
在几个输液室里一起盛开

忽然一场春雨，带来了黄昏
我走到阳台的铁窗旁
呼一口清新的空气
然后细斟一株多年的旧海棠

也许雨水太多

那些病中的人们
就像是被打落了的海棠花
一个个都失去了应有的秩序
而生命，如山河
需要的是长达百年
——甚至更久的巩固

（原载《中国诗歌》2017年第6期）

钟明 zhong ming 的诗（广东卷）

禅茶

关键是水。
此山的脉动正在不经意的节奏中，兀自从岩石苍苔中涌出，
相送的手，盘根错节。

关键是那弄水的手。千回百转，
萦迂成结
中有千千

欲沸未沸时，就是一款妙趣，
礼尚，
又是一款。
品到"色不异空，

空不异色"时,我撮口
吹气,青花碗盖撩去了些许不眠的郁气。

亲爱的,此山诗样绵延,
可以临流漱石,席地小坐。
我烹茗啜饮,导和致清,龙行十八,
就遇见了吕温。

(原载《关雎爱情诗》2017年春夏卷)

编后记

韩庆成

先说一下本书编辑体例。

按照徐敬亚老师的提议,本书以中国行政区域(省、自治区、直辖市、特别行政区)分卷排列,排列顺序借用中央气象台天气预报所采用的序列。每卷收录的诗人,按照拼音排序,因此有可能重要的诗人排在了后面。但我们想,文本面前理应人人平等,按自然排序而不是既往重要性排序,是文本平等的体现。而只唯文本,似乎是诗歌年度选本的应有之意。

首先感谢花城出版社的信任,让两位诗歌新媒体人担当花城版"中国诗歌年选"这一历史悠久、影响卓著的中国诗歌年度选本的编选工作,我们也力求以更广的视野、更精的标准来回报这份信任。本书中,诗歌传统媒体和诗歌新媒体齐头并进,选稿阵地囊括了报纸、杂志、诗集、民刊、网站、论坛、网刊、博客、微信等载体,试图在全媒体视域下,对中国年度诗歌进行抽样。

其次要感谢我们延请的各地选稿人,他们都是活跃在当今诗坛创作、批评两大领域的在场者,尤其对本地诗歌创作的实时状况了如指掌。我在这里要特别列出他们的名字:爱松、安琪、曹谁、陈小平、陈跃军、大枪、导夫、董辑、方群、方文竹、宫白云、贺中、黑光、胡茗茗、廖伟棠、刘春、刘涛、慕白、南鸥、佘正斌、唐江波、唐诗、王士强、吴投文、西木、潇潇、雪鹰、衣米一、郁郁、张二棍、张无为、张晓雪、招小波、赵金钟、赵亚东。正是他们地毯式的悉心初选,使本书具备了广泛的代表性。

2017 年 10 月 9 日于海口